W0284644

La princesse oubliée

Barbara Cartland est une romancière anglaise dont la réputation n'est plus à faire.

Plus de trois cents romans variés et passionnants mêlent aventures et amour.

Les Éditions J'ai Lu *en ont déjà publié plus d'une centaine que vous retrouverez dans le catalogue gratuit disponible chez tous les libraires.*

Barbara Cartland

La princesse oubliée

traduit de l'anglais par Françoise LE GUILLOUX

Éditions J'ai lu

Ce roman a paru sous le titre original :

THE SLAVES OF LOVE

NOTE DE L'AUTEUR

Les descriptions relatives au harem du sultan sont fidèles à la réalité.

Sébastopol tomba en septembre 1855 et les pourparlers de paix aboutirent en janvier 1856. Quant au roi de Grèce, Othon Ier, il fut déposé en 1862.

Le plus grand ambassadeur que la Grande-Bretagne ait jamais eu reste sans doute le vicomte Stratford de Redcliffe, qui s'est taillé une place inégalée dans l'histoire de la diplomatie. Nulle personnalité n'aura comme lui dominé l'Empire turc. À sa mort, en 1884, le poète lord Alfred Tennyson lui rendit ce dernier hommage :

Ô toi, noble Canning, grand parmi les meil-
[leurs,
Qui portait vers l'Orient la voix de l'Angleterre,
Aujourd'hui que s'achève ton incessant labeur,
Tu laisses, en nous quittant, le vide à West-
[minster.

1

1855

Radieux, lord Castleford chevauchait dans l'herbe sauvage parsemée de fleurs aux couleurs vives. La masse noire des grands cyprès se détachait sur le bleu limpide du ciel. C'était une magnifique journée d'été.

Après des semaines de voyage, consacrées aux rencontres et mémorandums diplomatiques, il savourait enfin le plaisir de sa liberté retrouvée. Retenant un instant son cheval, il regarda au loin l'opulente cité, carrefour de tous les mondes, qui avait vu fleurir les arts et les sciences. Déjà, Constantinople avait perdu un peu de son éclat mais, à cette distance, l'aveuglante beauté des coupoles et des minarets, des colonnades de marbre et des grands palais aux balcons dorés lourdement sculptés, stimulait encore l'imagination.

Lord Castleford vivait en Turquie depuis plusieurs années et, admirant une fois de plus la capitale inondée de soleil, il songea que son véritable charme résidait dans l'eau. De l'endroit où il se trouvait, on la voyait partout, claire, bleue, miroitant jusqu'à la paisible mer de Marmara avec, au nord, l'étroit ruban du Bosphore grouillant de chalands, de barques, de caïques, de vaisseaux et cuirassés anglais, français ou turcs emportant des troupes vers la Crimée; sous ses yeux, l'éblouissante Corne d'Or, partageant en deux la portion la plus dense de la cité, donnait à ce paysage une grâce étrange, enchanteresse.

Il décida soudain de se mettre en quête d'un présent pour son hôte, lord Stratford de Redcliffe, ambassadeur de Grande-Bretagne. Il regrettait de n'avoir rien apporté de Perse, d'où il rentrait à peine, mais ses obligations de délégué spécial du shah ne lui en avaient guère laissé le loisir. Tout ce qu'on lui avait présenté à Téhéran était d'ailleurs bien trop banal pour l'homme qui avait réformé l'Empire ottoman. Le « Grand Elchi » possédait déjà, à ne plus savoir qu'en faire, des caftans brodés, des brocarts tissés d'or et des poignées d'épées serties de joyaux. Lord Castleford voulait un objet digne de celui qu'il admirait plus que tout et qui lui avait enseigné tout ce qu'il savait en matière de diplomatie.

« Il doit bien y avoir quelque chose qu'il apprécierait vraiment... » se dit-il. Il se souvenait d'avoir trouvé dans une petite boutique, lors d'une précédente visite, de splendides et authentiques vestiges grecs et romains. D'antiques trésors qui avaient attendu dans les tombes qu'un voleur ou un curieux les ramène à la lumière du jour...

Espérant dénicher quelque merveille ayant échappé à l'œil exercé des collectionneurs, il dirigea sa monture vers le plus beau site du monde.

L'immense basilique Sainte-Sophie, qui attirait les fidèles à toute heure du jour, se dressait devant lui. Plus loin, le vaste ovale de l'hippodrome, avec ses quatre rangées de pavillons et de galeries. Et partout, ces dômes scintillants, ces orgueilleuses flèches, témoins d'un passé glorieux et chantés par les poètes, admirés, enviés au long des siècles par des peuples moins fortunés. À ses pieds s'étendait le sérail, que le sultan avait délaissé, l'année précédente, pour le palais de Dolma Bagdche. Les haies de cyprès qui l'ombrageaient donnaient un aspect étrangement inquiétant à ce lieu qui, depuis l'aube des temps, avait été le théâtre de sombres exploits. Tant de femmes indésirables et de sultans trop encombrants avaient péri, précipités du haut de ces murailles dans les eaux silencieuses du Bosphore... La beauté, l'amour, le crime, l'ambition, la volupté et l'horreur s'y mêlaient mystérieusement, parmi les fontaines murmurantes et les kiosques dorés. Au sérail, naguère cœur de la ville, la vie et la mort allaient de pair.

Lord Castleford pénétra dans le bazar où l'empereur Justinien avait jadis fait parquer deux mille chevaux et où aujourd'hui des échoppes proposaient des objets d'orfèvrerie, des broderies, des armures ou des vêtements, outre ces légumes et ces fruits colorés pour lesquels le Bosphore était réputé. Une foule bigarrée se pressait dans les ruelles sinueuses : Arméniens aux ceintures chamarrées qui tranchaient sur de tristes haillons, femmes disparaissant sous leur voile et leur long manteau, mendiants aveugles tendant une main osseuse pour un maigre bakchich ou gros pachas abrités sous l'ombrelle d'un serviteur empressé, Perses reconnaissables à leur pelisse de fourrure et leur toque en peau de mouton. Des ânes et des chevaux efflanqués ployaient sous toute sorte de fardeaux. Et tout cela formait un spectacle typique de cet Orient que lord Castleford aimait tant.

Il croisait de vieux Turcs portant sur la tête des plateaux de confiseries, des derviches en turbans blancs et longs caftans sombres, des officiers coiffés d'une chéchia écarlate qui chevauchaient fièrement leur magnifique monture. Sans se soucier des marchands qui vantaient au passage balles de laine, satins brodés de Bulgarie, tapis persans ou délicates soies de Brousse, il erra longuement dans le bazar. Il commençait à croire qu'il ne retrouverait pas la boutique qu'il cherchait quand une vive clameur attira son attention : des voix aiguës, un tonnerre de hurlements. Chacun regardait en direction de ce tapage avec appréhension et même les plus léthargiques ouvraient l'œil. Des hommes dévalaient la ruelle, certains armés de bâtons et tirant quelque chose qu'on ne distinguait pas. Les marchands rentraient en toute hâte leur étalage dans les minuscules boutiques. Déjà, les légumes étaient bousculés, les fruits roulaient sur le sol et, aux cris des émeutiers, se mêlaient les protestations des vendeurs lésés.

Le cheval de lord Castleford dressa les oreilles, nerveux, et son maître le fit avancer aussi près que possible du mur voisin, là où la ruelle s'élargissait un peu. À côté de lui, adossée à la boutique, une Européenne en robe blanche, manifestement effrayée, s'était réfugiée sur une marche. Un Turc d'âge moyen, d'allure tranquille et respectable, de toute évidence son serviteur, l'accompagnait. Aucune femme n'eût osé se rendre au bazar sans escorte et même ainsi, bien peu s'y aventuraient. La jeune femme était sobrement vêtue et, malgré la crinoline, sa robe n'était guère à la mode. Élégante, élancée, elle semblait très jeune.

La foule allait arriver à leur hauteur. Le vacarme était maintenant assourdissant.

– Tuez-le ! Torturez-le ! C'est un indicateur, un espion ! Il doit mourir !

Lord Castleford aperçut alors un homme que l'on traînait par les bras, les jambes, les vêtements, les cheveux. On le battait, on crachait sur lui. Le visage couvert de sang, les yeux mi-clos, il semblait plus mort que vif. C'était – croyait-on – un espion russe.

La guerre enflamme les esprits et engendre toujours des chasses aux sorcières. En arrivant à Constantinople, lord Castleford avait appris que la cité était en proie à la fièvre des espions : tout étranger dont la nationalité ne pouvait être établie était aussitôt suspecté d'être russe.

Comme les émeutiers approchaient, ils durent ralentir, le début du cortège étant bloqué par le rétrécissement de la rue. La victime semblait appartenir à une classe sociale plus élevée que celle de ses bourreaux.

– N'y a-t-il rien à faire ?

L'espace d'un instant, lord Castleford se demanda qui avait parlé. Puis il s'aperçut que la jeune femme s'était rapprochée de lui afin de se faire entendre. Elle s'exprimait en anglais, avec un léger accent étranger.

– Je crains que non, malheureusement, répondit-il. Nous sommes des étrangers, nous aussi, et se mêler à cette histoire serait courir au désastre.

– Mais peut-être n'a-t-il rien fait de mal ?

– Ils le prennent pour un espion russe.

– C'est bien ce que je pensais... Et s'ils se trompaient ?

– C'est possible, mais ce n'est pas à nous d'intervenir. D'ailleurs, franchement, nous n'en aurions pas le courage.

Au milieu des cris, des hurlements, la foule avança, bousculant le cheval devenu très nerveux. Le prisonnier, sauvagement molesté pendant tout le temps de l'arrêt, semblait maintenant inconscient. Des traînards descendaient encore la ruelle : de jeunes vendeurs ou bien les fils des marchands qui s'apprêtaient à rejoindre l'attroupement pour profiter du spectacle.

– Nous ferions bien de quitter cet endroit au plus vite, fit lord Castleford.

Il savait trop comment la violence dégénère et comment le mécontentement d'une foule se transforme rapidement en brutalité aveugle, primitive. Jusqu'à ce que les esprits se soient calmés, le bazar resterait un endroit dangereux.

– Si vous voulez monter avec moi... fit-il à l'adresse de la jeune femme, je crois qu'il vaudrait mieux vous éloigner d'ici.

Le rassemblement grossissait encore. Elle devait l'avoir remarqué aussi car elle répondit vivement :

– Ce serait très aimable à vous.

Elle se tourna vers son serviteur.

– Rentre à la maison, Hamid. Ce gentilhomme va prendre soin de moi. Je crois qu'il serait imprudent de rester là.

– Bien, maîtresse.

Lord Castleford la souleva comme il eût fait d'une plume et la déposa devant lui sur la selle, la maintenant d'une main tandis qu'il tenait les rênes de l'autre. La petite capote que la jeune femme portait, nouée sous le menton, ne l'empêchait pas de s'appuyer contre lui et il put contrôler son cheval sans la moindre gêne. Sans hâte, il fit avancer l'animal, rasant les murs et s'arrêtant fréquemment pour laisser passer la foule. Heureusement, chacun semblait si pressé de se joindre à l'émeute que personne ne s'inquiéta de lui ni de son fardeau.

Ils se retrouvèrent bientôt dans une ruelle où ils ne rencontrèrent que quelques ânes fatigués, apportant des provisions en ville depuis les villages voisins. Ils arrivèrent enfin en terrain découvert et lord Castleford déclara :

– Nous allons faire un détour. Si vous voulez bien me dire où vous habitez, nous gagnerons la ville par l'autre côté.

Ils avaient eu la chance de s'échapper sans incident mais, devinant le sort qui attendait le malheureux, il ne voulait pas prendre le moindre risque : à la première rumeur d'une exécution, la foule accourrait immanquablement. Le fait qu'il s'agissait d'un étranger – un Russe – exciterait encore la furie générale.

– Pauvre homme, murmura la jeune femme. Je n'ose penser à ce qu'il est en train de subir.

– À l'heure qu'il est, il ne doit plus rien ressentir...

À présent qu'ils étaient hors de danger, il la regarda attentivement pour la première fois. Elle était vraiment très jolie, différente aussi des femmes qu'il avait connues jusqu'alors. Il se demanda quelle pouvait être sa nationalité. Certainement pas anglaise, bien qu'elle parlât parfaitement la langue. Son charmant visage ovale se terminait par un petit menton pointu; le teint, d'une blancheur remarquable, contrastait agréablement avec les cheveux bruns et les grands yeux noirs; le nez était minuscule, très droit; la bouche dessinait une courbe parfaite. Elle était bien trop belle pour se promener dans le bazar sous la seule protection d'un serviteur déjà âgé... Curieux, il demanda :

– N'est-il pas temps de nous présenter ? Je m'appelle Castleford. Lord Castleford. Je suis anglais et je réside à l'ambassade britannique.

– Je suis française, monsieur. Je vous suis infiniment reconnaissante d'être venu à mon secours.

Elle parlait un français classique, impeccable et pourtant il ne lui trouvait pas l'air français.

– Et votre nom ?

– Yamina.

Il souleva un sourcil étonné.

– On ne peut pas dire que ce soit typiquement français... !

– J'ai vécu ici toute ma vie.

Ceci expliquait cela... Elle ne lui avait pas donné son nom de famille et il ne put s'empêcher d'approuver sa prudence, même si cela laissait sa curiosité inassouvie. Après tout, ils s'étaient rencontrés par hasard et une jeune femme bien élevée ne livrait pas ainsi son nom à un étranger.

– Voulez-vous me dire où vous habitez ? demanda-t-il.

À sa grande surprise, elle lui indiqua une partie de la ville où l'on trouvait fort peu de maisons susceptibles d'abriter une famille européenne. Intrigué par cette femme gracieusement assise devant lui, il laissa aller tranquillement son cheval sur le sol herbeux, sans le presser.

– Vous aimez Constantinople ?

– Parfois, je la hais, quand la foule se montre tellement cruelle, inhumaine !

Sa voix tremblait légèrement et il sentit combien l'incident l'avait bouleversée.

– Les Turcs sont parfois très cruels, en effet, répondit-il. Pourtant, il paraît que leurs qualités de combattants font l'admiration des Anglais autant que des Français.

– Cette guerre est une folie inutile !

– Nous sommes bien d'accord et Dieu sait que notre ambassadeur a tout fait pour l'éviter.

– Sans grand succès ! répondit Yamina, une nuance sarcastique dans la voix.

– Les Russes sont impossibles ! s'exclama lord Castleford. Après tout, ce sont eux qui ont massacré un escadron turc en bombardant Sinope, au sud de la mer Noire !

– Peut-être avaient-ils des raisons ?

– Des raisons ? Ce qui s'est passé à Sinope a été plus un carnage qu'une bataille. Un peu comme ce que vous venez de voir au bazar, mais à une autre échelle !

Yamina resta silencieuse et il poursuivit :

– La conduite remarquable des forces armées turques a éveillé la sympathie et l'admiration de l'Europe. Il n'est pas surprenant que, l'année dernière, la Grande-Bretagne et la France aient déclaré la guerre à la Russie.

– Toute guerre est mauvaise et nuisible, répliqua violemment Yamina.

Lord Castleford sourit.

– C'est là un point de vue typiquement féminin. Parfois, la guerre signifie la justice et c'est précisément la justice que nous défendons en aidant les Turcs.

– J'espère seulement que les hommes qui sont tués dans les deux camps apprécient ce que vous faites pour eux !

Cette fois, le sarcasme était indubitable.

– On dirait que vous ne soutenez pas plus vos compatriotes que les miens ! Je vous rappelle tout de même que cette guerre est partie d'une querelle sur la tutelle des Lieux saints, à Jérusalem.

– Cette question a été réglée il y a deux ans.

Surpris qu'elle fût si bien informée, lord Castleford répondit :

– Effectivement, elle a été tranchée par les Anglais, les Français et les Russes. Seulement, comme vous le savez sans doute, l'ambassadeur de Russie, Menchikov, s'est ensuite montré très agressif envers les Turcs. Il était, à mon humble avis, déterminé à les placer dans une position humiliante et il affichait des prétentions absolument inacceptables pour le sultan.

– Vous pensez vraiment que... nous pouvons gagner cette guerre ?

Il remarqua qu'elle avait légèrement hésité avant de dire « nous ».

– Certainement ! Nos troupes ont énormément souffert cet hiver mais, à présent, nous sommes mieux organisés et je crois que le tsar capitulera sous peu.

Yamina resta silencieuse. Le soleil était chaud et le parfum des fleurs embaumait la douce brise marine. Gracieuse, elle se tenait parfaitement en selle, et lord Castleford sentait à peine son poids contre son bras.

– Vous montez souvent ?

– Autrefois, oui. Ça ne m'est pas arrivé depuis longtemps. Un cheval comme celui-ci est un vrai plaisir !

– Il appartient à l'ambassadeur. C'est lui qui l'a choisi, expliqua-t-il. Il s'y entend dans ce domaine, comme d'ailleurs dans tous les autres.

– Vous l'admirez, n'est-ce pas ?

– Comment ne pas admirer un homme plus important que le sultan lui-même ? On a dit assez souvent, dans le passé, que sir Stratford Canning était le véritable souverain de la Turquie. Il est revenu et c'est tout aussi vrai qu'auparavant.

Il y avait soudain dans sa voix un enthousiasme, une chaleur qui frappèrent Yamina. Elle s'étonna qu'il ne fût pas trop occupé à s'admirer lui-même pour songer à en admirer un autre. Il lui avait paru beau, mais froid et austère, avec cet air de supériorité qui la déconcertait tellement chez les Anglais. Il l'avait certes sauvée d'une situation périlleuse, mais ce n'était pas le genre d'homme qui l'eût attirée.

Ils trottaient à présent parmi les cyprès et les bosquets émaillés de fleurs blanches et jaunes. Le chemin choisi par lord Castleford imposait un détour considérable mais Yamina comprenait combien sa décision était sage.

Comme s'il s'adressait à une enfant, il déclara, à brûle-pourpoint :

– Faites bien attention, à l'avenir. N'allez plus faire vos courses sous la seule protection d'un vieux serviteur !

– Cela ne m'arrive pas souvent... Mon père est malade et je venais demander à l'herboriste les plantes nécessaires à sa guérison.

– Ne serait-ce pas plus avisé d'appeler un médecin ?

– Dans ce pays, il y a des herbes pour tous les maux. La plupart des recettes sont transmises oralement depuis des siècles, d'une famille à l'autre et de père en fils. On ne les trouve nulle part dans les livres, mais elles n'en sont pas moins efficaces.

– N'y a-t-il pas un danger à les prendre sans les connaître ?

– Pas plus que d'accepter aveuglément les prescriptions d'un médecin... D'après ce que j'ai entendu, ceux-ci n'ont pas fait grand-chose pour les blessés, à l'hôpital de Scutari.

– Vous avez parfaitement raison. Toutefois, il serait injuste d'en blâmer lord Stratford comme l'a fait la presse anglaise.

– Ainsi, les Anglais sont en colère ? Je suis ravie de l'apprendre.

– Cette pagaïe administrative a été une honte, je l'admets, répliqua-t-il d'un ton tranchant. Notre ambassadeur a été maintenu dans l'ignorance la plus totale, tout cela à cause des rivalités, des jalousies entre services ! Mais l'ambassadrice, lady Stratford, a fait de son mieux pour réparer les torts et, à présent, tout ce qu'il est possible de faire est mis en œuvre pour aider Florence Nightingale, ajouta-t-il avec plus de douceur. Vous avez entendu parler d'elle ?

– Comme tout le monde ! Les journaux ne parlent que de son courage. Et, pourtant, on pense encore, ici, que les femmes doivent rester voilées : les Turcs sont horrifiés à l'idée d'être soignés par des femmes !

– Et vous ? Vous n'avez pas envie de rejoindre miss Nightingale dans sa campagne ? de soulager nos soldats blessés et, surtout, de prouver, une fois pour toutes, que les femmes ont leur rôle à tenir dans la guerre ?

Une nuance moqueuse perçait dans sa voix : elle l'avait défié, il relevait le défi.

– Je me trouve précisément dans la position

d'une infirmière, répondit-elle au bout d'un moment. Mon père est gravement malade.

– J'en suis navré.

– Et dans la mesure où, justement, je vois combien je lui suis indispensable, je pense que toutes les femmes devraient être infirmières, que le pays soit en guerre ou en paix.

– Là, je ne suis pas d'accord avec vous. Par le passé, nous nous sommes toujours débrouillés pour faire la guerre sans les impliquer et, très franchement, je suis absolument convaincu que, dans cette affaire, elles sont plus une gêne qu'autre chose.

Un sourire illumina le petit visage de Yamina.

– Exactement la réponse que j'attendais de vous, remarqua-t-elle d'un ton satisfait.

– Ce qui signifie que je suis sectaire et vieux jeu ?

– Vous m'ôtez les mots de la bouche, rétorqua-t-elle doucement.

Ainsi, elle lui déclarait la guerre ! Il en fut amusé. Elle était si belle et semblait si fragile et si mystérieuse... Peut-être étaient-ce ses grands yeux bruns ? Ou encore ce subtil parfum qu'il avait du mal à identifier. Le jasmin ? La tubéreuse ? Les deux ? Il savait seulement que c'était nouveau pour lui, indescriptible.

– Voulez-vous me laisser ici ? fit-elle à brûle-pourpoint.

Il arrêta son cheval. Juste devant eux, d'une brèche dans le mur de la cité, descendait une volée de marches construites sans doute des siècles auparavant, peut-être par les Romains. Le marbre en était brisé par endroits.

– En passant par là, expliqua-t-elle, suivant la direction de son regard, j'arriverai chez moi beaucoup plus rapidement que par la route.

Elle se laissa glisser à terre.

– Je vous remercie, déclara-t-elle tranquillement en le regardant dans les yeux.

Il mit pied à terre à son tour et, tenant son cheval par la bride, il lui tendit la main.

– Je suis heureux d'avoir pu vous aider. Puis-je passer demain pour voir si vous n'avez pas souffert de cette mésaventure ?

Yamina secoua la tête.

– Je crains que mon père ne soit trop malade pour que nous recevions un invité en ce moment.

– En ce cas, je pourrais peut-être laisser une carte demandant des nouvelles de sa santé ?

Elle lui sourit – apparemment, cette insistance l'amusait. Mais elle n'avait pas l'intention de céder.

– Je ne puis que vous répéter ce que j'ai déjà dit. Au revoir, j'ai pris beaucoup de plaisir à parler avec vous !

Sans même prendre la main qu'il lui tendait, elle tourna les talons et descendit les marches. Il la regarda s'éloigner, décontenancé par son attitude et fasciné par la grâce de ses mouvements. Elle ne se retourna pas, ne lui fit aucun signe : elle était simplement sortie de sa vie. Irrité, il s'aperçut qu'il n'en savait pas plus à son sujet qu'avant de l'avoir rencontrée. Elle s'appelait Yamina. Mais Yamina comment ? Elle était cultivée, c'était une vraie dame, mais pourquoi s'était-elle montrée si secrète ?

Sans aucun doute, songea-t-il en reprenant le chemin de l'ambassade, était-elle fort bien informée; il ne pouvait s'empêcher de penser, comme elle, que cette guerre aurait dû être évitée. Pourtant, une solution diplomatique n'était pas évidente. Les Russes avaient délibérément rejeté toutes les propositions de règlement pacifique avancées par lord Stratford. Quant au scandale de l'hôpital de Scutari, il était le fait des autorités médicales elles-mêmes, qui avaient préféré laisser mourir les blessés plutôt que de faire appel au ministère des Affaires étrangères. Dès que l'ambassadeur, soigneusement tenu dans l'ignorance, avait découvert la situation, il avait fait son possible pour y remédier. Les maisons avaient été réquisitionnées, y compris certains palais du sultan, et les Turcs avaient dû mettre à la disposition de l'hôpital un paquebot pour transporter quotidiennement vers Scutari les produits de première urgence. Lord Stratford avait même demandé que l'on s'occupe des blessés russes, ce qui n'avait pas été approuvé par tout le monde.

Grâce à son intervention, la situation médicale avait changé totalement. Certes, il faudrait encore bien du temps avant que la population n'oublie les horreurs, les privations et les morts inutiles des premiers mois. Pourtant, lord Castleford ne s'attendait guère à ce qu'une Française le mette en position de défenseur de l'ambassadeur britannique. Les Anglais établis à Constantinople vénéraient lord Stratford tout autant que les Turcs. Ils en parlaient comme d'un ange brandissant un glaive de feu aux portes de l'Orient, afin d'y préserver les intérêts de l'Europe. La jalousie des Français était à peine voilée : leur ambassadeur était moins efficace et ils se plaignaient d'être ignorés ou écartés de la conduite de la guerre. Selon l'Elchi, cela n'avait rien d'étonnant. La veille encore, il lui disait :

– La Grande-Bretagne et la France font une

équipe difficile, dans la mesure où la France se considère comme le leader du tandem !

– Sébastopol ne devrait plus tarder à tomber, n'est-ce pas ? avait-il répondu. Peut-être qu'à ce moment-là, la France estimera son honneur satisfait ?

L'ambassadeur avait souri tristement.

– Un succès sur le champ de bataille... c'est effectivement ce qui manque à Napoléon III pour auréoler de gloire son diadème de pacotille. Les Français veulent que cette bataille soit la leur et ils font tout ce qu'ils peuvent pour empêcher les Turcs de remporter une victoire avant eux !

– Quelle pagaïe !

– C'est la guerre ! avait répliqué l'Elchi.

À l'ambassade, lord Castleford apprit que son hôte se trouvait seul. Il alla le rejoindre dans l'une des magnifiques pièces ouvrant sur les jardins où murmuraient des fontaines.

– Avez-vous fait une bonne promenade, Vernon ? demanda l'ambassadeur en souriant.

À soixante-huit ans, lord Stratford était encore fort bel homme. Ses cheveux étaient déjà blancs mais le regard de ses yeux gris, sérieux et rieurs à la fois, semblait pénétrer les pensées les plus secrètes. D'épais sourcils proéminents lui donnaient l'air d'un sage. C'était d'ailleurs cette sagesse qui lui avait valu le titre de Grand Elchi et l'avait fait connaître dans tout l'Orient. Les chrétiens de l'Empire turc lui réservaient pourtant un titre plus prestigieux encore : ils l'appelaient le Padischah du Padischah, le sultan du sultan. L'autorité attachée à son nom attirait à l'ambassade des gens de toutes races et de toutes religions venus lui demander protection.

En dépit de tout, lord Stratford restait un homme modeste et courtois, érudit et artiste à ses heures. Il écrivait des poèmes qu'il aimait lire à ses attachés à l'heure où ceux-ci, après une nuit passée à copier des dépêches, tombaient de sommeil. S'il manifestait en privé un grand sens de l'humour, il considérait qu'il lui incombait, dans ses fonctions officielles, de faire respecter à travers sa personne la dignité et le prestige de son pays. Ses colères étaient d'ailleurs redoutées. Mais si les Turcs tremblaient dans leurs babouches quand il voulait voir l'un d'eux, il savait aussi demander pardon de ses emportements, et ses excuses faisaient souvent des hommes qu'il avait offensés ses amis les plus sûrs.

À ceux qu'il appelait ses élèves, il enseignait l'art de la diplomatie. Tous le vénéraient et l'adoraient. Lord Castleford ne faisait certes pas exception à la règle : il savait combien l'ambassadeur travaillait dur, combien la nation turque lui tenait à cœur et comment lui seul pouvait soutenir le faible sultan Abdul Medjid et lui permettre de conserver une position de force. Les sultans avaient ordinairement la vie courte : la plupart d'entre eux mouraient après quelques années d'un règne qui s'exerçait essentiellement sur le harem. Non seulement Abdul Medjid avait survécu, mais, grâce à l'Elchi, il s'était fait respecter dans tout l'Orient.

– Des nouvelles du front ? demanda lord Castleford.

– Rien de réjouissant.

– Il y a eu des troubles dans la ville. La foule a traîné à travers le bazar un homme suspecté d'espionnage. Ils voulaient l'exécuter mais je suis sûr qu'il était mort bien avant d'atteindre la place !

L'ambassadeur soupira.

– Je pensais bien que cela prendrait de l'ampleur.

– La chasse aux espions ?

– C'est un phénomène courant en temps de guerre. Sébastopol résiste encore et les habitants de Constantinople veulent combattre à leur manière...

– C'est compréhensible mais dangereux !

– Je le sais bien. Il y a ici des gens de toutes les nationalités et même des Russes... Ils habitent la ville depuis longtemps et seraient bien incapables de causer le moindre tort à la communauté. Malheureusement, la foule écoute rarement la voix de la raison.

– Hélas ! murmura lord Castleford, songeant à l'homme qu'il avait vu cet après-midi, dont le seul crime n'avait peut-être été que d'avoir vu le jour en Russie.

– Il y a eu plusieurs incidents, la semaine dernière, reprit l'ambassadeur. Les autorités parlent de procéder à une fouille systématique de chaque maison. Cela vaudrait sans doute mieux que de laisser la population prendre les choses en main.

Lord Castleford se demanda si Yamina était encore bouleversée par ce qu'elle avait vu. Il aurait, quant à lui, du mal à oublier ce visage maculé de sang, ces yeux clos par la douleur et ce corps mis en pièces par une foule déchaînée. Jamais une femme n'aurait dû assister à une telle scène et il regretta de ne pas l'avoir dissuadée plus fermement de retourner au bazar. Il comprenait fort bien son désir de rapporter des remèdes pour son père. Ce n'était pas une tâche facile : les médicaments étaient rares et extrêmement onéreux. Les gens du pays croyaient aux bienfaits des plantes médicinales. Avaient-ils raison ? Il en doutait.

Au même moment, Yamina déballait les herbes rapportées par son serviteur rentré bien avant elle.

– Qu'a dit l'herboriste, Hamid ?

Elle parlait le turc couramment, mais pas assez bien pour différencier les dialectes, mélanges de grec et d'autres langues, qui n'étaient d'ailleurs pratiqués que par les natifs du pays.

Après avoir écouté les explications d'Hamid, elle se mit en devoir de nettoyer méticuleusement les racines avant de les couper en petits morceaux.

– Le gentilhomme vous a ramenée sans problème, maîtresse ?

– Comme tu le vois, sans problème, fit-elle en souriant.

– Un homme de grande allure, comme le Grand Elchi lui-même !

– Je n'ai jamais vu l'Elchi.

– Grand homme, grand pouvoir. Le sultan lui-même l'écoute.

– C'est ce que j'ai appris, répondit-elle, agacée.

C'était typique des Anglais de faire en sorte que nul ne puisse plus bouger sans leur consentement ! Lord Castleford était sans doute aussi autoritaire que l'Elchi. Jamais elle n'aurait rien en commun avec ces hommes qui n'hésitaient pas à employer la force pour parvenir à leurs fins ! « Ils sont inhumains », songea-t-elle avec mépris.

Elle posa sur le feu la casserole avec les herbes recouvertes d'eau.

– Je vais monter voir mon père, Hamid. Tu dis qu'il dormait quand tu es rentré ?

– Très paisiblement, maîtresse. Je l'ai laissé : le sommeil est le meilleur des remèdes.

– Tu as raison... Il a mal dormi ces derniers temps. Si les herbes ne font pas tomber la fièvre, je me demande ce que nous allons faire.

– J'essaierai de trouver un médecin, maîtresse.

– Non ! Non ! C'est trop dangereux ! Nous nous sommes bien débrouillés jusqu'à présent, ce serait de la folie d'en chercher un maintenant !

Hamid semblait mal à l'aise. Comme s'il avait eu quelque chose à lui dire mais n'avait su comment s'y prendre.

– Qu'y a-t-il, Hamid ?

– Mauvaises nouvelles, maîtresse.

– Mauvaises nouvelles ?

Sa voix était glaciale.

– J'ai appris en ville qu'ils ont l'intention de fouiller toutes les maisons.

– Pour quelle raison ? demanda-t-elle, bien qu'elle connût déjà la réponse.

– Les Russes...

Yamina revit l'espion maltraité et humilié, le visage ruisselant de sang, les yeux clos, agonisant.

– Qu'allons-nous faire, maîtresse ?

– Je ne sais pas. Le maître est trop malade pour qu'on le transporte.

Elle le regarda, soudain affolée.

– Il faut faire confiance à Allah, répondit-il.

– Allah ? s'écria-t-elle. Dieu et Allah nous ont abandonnés !

2

Hamid l'observait attentivement. Honteuse de s'être laissée aller, elle déclara :

– Tu sais combien nous te sommes reconnaissants, Hamid. Sans toi, nous serions sans doute morts à l'heure qu'il est... Mais nous avons affronté des situations pires que celle-ci !

Elle posa sur un plateau le pichet de citronnade qu'elle avait préparée pour son père : la fièvre l'assoiffait terriblement et, lorsqu'il s'éveillait la nuit, il lui fallait une boisson rafraîchissante.

– Dès que je me serai occupée du maître, reprit-elle, nous essaierons de voir ce qu'on peut faire et... où nous pouvons aller maintenant.

Sa voix tremblait légèrement. La peur, tapie au fond d'elle-même depuis des mois, avait été réveillée par la terrible scène dont elle avait été témoin. Oui, c'est uniquement à leur serviteur qu'ils devaient d'être encore en vie : qui sait ce qui serait arrivé s'il ne leur avait fait quitter leur résidence d'été avant la reddition de Balaclava, sept mois plus tôt ? Avec le recul, elle s'étonnait de leur inconscience. Comment avaient-ils pu, jusqu'à la dernière minute, rester aveugles à ce point ? Même quand la rumeur s'était répandue que des troupes débarquaient dans la baie de Calamita, ils ne s'étaient pas inquiétés... Et comment l'auraient-ils pu quand le soleil resplendissait sur des jardins de rêve et que son père semblait aller un peu mieux...

La Crimée avait pris son essor véritable vingt-cinq ans plus tôt, lorsque le prince Michel Vorontzov s'était installé à Odessa, passée sous domination russe. Nommé gouverneur général de la Nouvelle-Russie et de Bessarabie, il avait démontré brillamment ses talents d'administrateur en faisant du désert un paradis. Entouré d'un cercle d'aristocrates intelligents et charmants qui avaient su le seconder dans sa tâche, il avait encouragé le commerce, fait tracer des routes, construire des ports, des hôpitaux, des collèges et même un opéra. Grâce à la navigation à vapeur qu'il avait introduite dans la mer Noire, il avait importé du bétail anglais et invité des viticulteurs français à venir superviser la culture des premières vignes. Peu à peu, les terres désertes s'étaient repeuplées. La Crimée était devenue prospère.

Finalement, le prince avait acquis une telle réputation à la Cour que de nombreux aristocrates russes avaient acheté des domaines sur la côte afin d'y établir leur résidence d'été. Le père de Yamina avait choisi un site à proximité du magnifique port de Balaclava et, là, dans un climat semi-tropical, ils avaient planté un jardin d'agrément à l'anglaise et un grand jardin botanique où poussaient les espèces les plus rares. Quant aux grands cyprès qui faisaient aujourd'hui partie des paysages de la Crimée, les deux premiers avaient été plantés jadis par l'impératrice Catherine et Potemkine.

Le père de Yamina avait dépensé beaucoup d'argent pour ce séjour de vacances, sans pouvoir toutefois rivaliser avec le faste extravagant de Michel Vorontzov. À Aloupkha, dans un site surplombant la mer Noire en un à-pic de cinq cents mètres, le prince avait fait élever un éblouissant château évoquant, disait-on, la forteresse de Black Douglas ou le palais du Grand Mogol. On avait utilisé, pour sa construction, une pierre verte transportée à grands frais depuis l'Oural, où elle avait été extraite.

Même s'ils avaient dû, pour leur part, se contenter de marbre, Yamina aimait sa maison et, pour rien au monde, elle ne l'aurait voulue différente. Enfant, elle pleurait lorsque à la fin de l'été ils devaient regagner la splendeur glacée de Saint-Pétersbourg; chaque année, elle comptait les jours jusqu'à la fonte des neiges, sachant qu'ils ne tarderaient plus alors à se mettre en route pour le sud, la mer Noire et leur paradis.

Tout avait commencé lorsque le général Paskevitch avait entrepris le siège de la forteresse turque de Silistrie, au milieu du mois de mai. Surprise par la vigueur exceptionnelle de l'attaque, la garnison ottomane aurait sans doute fini par se rendre sans l'intervention énergique de deux jeunes officiers britanniques, Butler et Nasmyth. Ceux-ci avaient su galvaniser et guider les défenseurs de la ville assiégée et l'armée du tsar avait été repoussée. Anglais et Français, joignant aussitôt leurs efforts à ceux des Turcs, avaient alors entrepris une offensive sur la Crimée, afin de « mettre l'Ours hors d'état de nuire... »

« Nous aurions dû fuir bien avant », songea Yamina. Ç'aurait été facile, malgré l'état de son père : le pauvre homme avait supporté tellement pire par la suite ! Mais elle avait craint qu'il ne souffre pendant le voyage et, pas plus que quiconque, elle n'avait prévu la rapide escalade de la guerre.

Le 30 août 1854, quatre ou cinq cents vaisseaux, transportant les troupes alliées, avaient quitté la baie de Varna et mis le cap sur Sébastopol. Malgré les soixante-quatre mille hommes qui avaient débarqué sur les côtes de Crimée, la vie avait continué, inchangée, à Sébastopol. Certains que leur forteresse était inexpugnable, les Russes avaient tranquillement observé l'envahisseur. Le 20 septembre, munie de paniers à pique-nique, de lorgnettes et d'ombrelles, la société à la mode de la ville s'était installée dans les gradins de Telegraph Hill – non pas pour admirer des courses de chevaux, mais pour applaudir l'anéantissement des armées alliées tentant de forcer le passage de l'Alma. Après une bataille sanglante, farouche, marquée dans les deux camps par des pertes effroyables, les Russes avaient été mis en déroute.

Le lendemain, d'innombrables troupes encerclaient la ville de garnison de Balaclava; sur les collines alentour, cinquante mille soldats établissaient leur gigantesque campement; de nouveaux vaisseaux arrivaient sans cesse; déjà, le port était bloqué par les navires. Les commandants avaient bientôt découvert avec stupeur que, même tout près de la côte, les eaux trop profondes ne leur permettaient pas de jeter l'ancre : si le vent du large se levait, la flotte irait se fracasser contre les récifs.

En cette belle journée d'automne, la mer était pourtant paisible et Balaclava semblait un endroit de rêve. Qui eût deviné que le siège de Sébastopol durerait bien après les premières neiges d'octobre, jusqu'à la fin de l'année suivante ?

C'était Hamid qui, le premier, avait pris conscience du danger en voyant débarquer les premières troupes. Il n'y avait plus une minute à perdre. Avec l'aide de deux fidèles serviteurs, il avait installé le père de Yamina sur une civière et ils étaient partis en toute hâte. Au même moment, l'armée faisait irruption dans la maison, choisie par un vieil officier britannique, pour y établir son quartier général. Tout s'était ensuite déroulé très rapidement : ils avaient fui à travers les grands jardins, se cachant dans une cabane de pêcheur, avant d'embarquer, grâce à Hamid, sur un bateau chargé d'évacuer les blessés anglais, français et turcs vers Constantinople. Dans l'ombre et la confusion du départ, personne n'avait remarqué la présence de deux citoyens russes : Yamina, heureusement, parlait le français aussi bien que l'anglais, et Hamid était turc. Comme tant d'autres, il avait quitté Constantinople pour aller chercher un emploi lucratif auprès des riches aristocrates russes qui peuplaient le sud de la Crimée. Au fil des années, la famille de Yamina en était venue à se reposer sur lui en toute confiance : ainsi, il s'occupait de diriger l'immense domaine lorsqu'ils rentraient à Saint-Pétersbourg et les accueillait à leur retour, l'année suivante.

C'était lui qui les avait sauvés lors de cette traversée en persuadant le commandant du navire de les emmener jusqu'à la rive opposée du Bosphore au lieu de les débarquer, comme les autres blessés, à l'hôpital de Scutari. Cela leur avait coûté, naturellement, une importante somme d'argent, mais Hamid avait pensé à emporter les économies qui leur avaient permis ensuite de survivre pendant de longs mois.

À Constantinople, il leur avait trouvé un abri. Au début, Yamina avait été horrifiée par l'exiguïté de la maison qui, comme toutes les habitations à toit plat de ce quartier pauvre, ressemblait à une petite boîte blanche. Très vite, pourtant, elle avait compris combien il avait été sage en choisissant une demeure assez modeste pour ne pas éveiller la curiosité. Car la chasse aux espions était déjà dans l'air, en ce début d'hiver.

Peu à peu, elle s'était habituée à cette vie, si différente de ce qu'elle avait connu jusqu'alors. Parfois, elle se demandait même si le passé n'était pas un pur produit de son imagination. Son père, déjà gravement malade, avait contracté une mauvaise bronchite. Dès lors, il avait passé ses nuits à tousser sans répit. L'étage étant composé de deux chambres minuscules séparées par une cloison très mince, Yamina n'avait presque plus dormi. Comme elle craignait, en sortant, de rencontrer des gens qui lui poseraient des questions embarrassantes, Hamid avait rapporté la nourriture pour toute la maisonnée, mais aussi des vêtements, car Yamina s'était enfuie avec ce qu'elle avait sur le dos. De toute façon, les toilettes élégantes qu'elle portait à Balaclava auraient sans doute attiré les soupçons, sans suffire à la protéger du froid de l'hiver. Les robes choisies par Hamid offraient l'avantage d'être bien chaudes et, même si elles étaient démodées, la grâce naturelle de Yamina les embellissait aussitôt.

Quand l'état de son père avait empiré, ils n'avaient pas osé aller chercher un médecin : Yamina l'avait soigné de son mieux, regrettant amèrement de n'avoir pas étudié la médecine plutôt que la littérature qui les passionnait tous deux.

– Quand les beaux jours reviendront, je suis certaine que le maître ira mieux, répétait-elle inlassablement.

Et, en effet, dès que le soleil avait pénétré par les étroites fenêtres, les joues pâles de son père avaient retrouvé quelque couleur. Malgré sa maladie, il n'avait rien perdu de sa beauté. Il avait été l'un des personnages les plus séduisants à la Cour de Saint-Pétersbourg où les beaux hommes ne manquaient pourtant pas. Aujourd'hui, ses cheveux et sa barbe avaient blanchi, ses yeux s'étaient enfoncés dans leurs orbites et ses pommettes saillaient davantage. Lorsqu'il dormait, il semblait sculpté dans du marbre. « Comme un gisant sur une tombe », songeait-elle. Horrifiée par cette image morbide, elle frissonnait : perdre son père aurait été perdre tout ce qui la rattachait encore à la vie.

Quittant la cuisine qui occupait le rez-de-chaussée entier, elle gravit l'étroit escalier qui menait à l'étage. Très doucement, elle poussa la porte de la chambrette. Son père dormait, étendu sur un divan bas envahi d'oreillers qui lui permettaient de se redresser lorsqu'il étouffait. De sa fenêtre on voyait la ville qui s'étendait vers le Bosphore et les collines verdoyantes.

Elle posa précautionneusement la citronnade auprès de lui. « Je ne vais pas le réveiller... Hamid a raison, le sommeil est encore le meilleur des remèdes. S'il se repose suffisamment, peut-être la fièvre tombera-t-elle enfin », se dit-elle. Elle observa la mèche blanche qui balayait les sourcils carrés, le nez droit, aristocratique, les yeux clos et les mains posées sur le drap, détendues, tranquilles.

Une brusque angoisse l'envahit. Lentement, presque à contrecœur, elle toucha les doigts blancs. Leur contact glacé la saisit. Un gémissement s'échappa de ses lèvres, elle se laissa tomber à genoux. Incapable de pleurer, ne ressentant plus rien, elle resta longtemps ainsi, prostrée...

Le soleil avait baissé sur les collines quand elle sortit de sa torpeur.

– Papa, papa ! murmura-t-elle. Que vais-je devenir sans toi ? Oh ! mon père chéri...

Comme honteuse de s'apitoyer sur elle-même, elle se mit à réciter les prières des morts, gravées à jamais dans sa mémoire depuis les funérailles de sa mère. Lorsqu'elle eut chuchoté le dernier *amen*, elle laissa couler ses larmes et enfouit son visage ruisselant dans les draps blancs.

Bien du temps s'était écoulé lorsqu'elle redescendit l'escalier. Hamid l'attendait.

– Le maître est mort, Hamid.

Sa voix était ferme. Les larmes avaient séché sur ses joues.

– En arrivant, il m'a semblé que le maître nous avait quittés, mais je n'en étais pas sûr... Qu'Allah l'accueille au paradis, maîtresse.

– Il est à l'abri, maintenant. Peut-être est-ce mieux ainsi... J'avais tellement peur pour lui, après ce que nous avons vu aujourd'hui !

– Je sais, maîtresse.

– Nous devons regarder les choses en face, Hamid. Si je suis découverte, il ne faut pas que tu sois impliqué, fit-elle en frissonnant.

– Je ne vous abandonnerai pas.

– Où aller, si je dois quitter Constantinople ?

– Il y a longtemps que j'y pense. J'ai bien une suggestion à vous faire, mais vous allez peut-être m'en vouloir...

– Jamais, Hamid ! Après ce que tu as fait pour moi, pour mon père, comment le pourrais-je ?

– Eh bien, voilà. Le mieux serait que vous rejoigniez Mihri et que vous restiez auprès d'elle jusqu'à la fin de la guerre.

– Mihri ? s'exclama-t-elle, stupéfaite. Mais elle vit dans le harem du sultan !

– Oui. Elle y est devenue quelqu'un de très important : c'est une *ikbal*, maintenant.

Yamina n'en fut pas autrement surprise : que la belle Circassienne soit l'une des favorites du sultan n'avait rien d'étonnant. À l'époque de l'enlèvement, deux ans plus tôt, elle était, ainsi que ses parents, employée à leur service à Balaclava. Très vite, Yamina avait considéré ces gens précieux, honnêtes et efficaces comme des membres de sa famille. Aussi s'était-elle révoltée en apprenant le sort odieux qui avait frappé Mihri. Les autres servantes, elles, n'avaient pas partagé sa colère : c'était un honneur, pour toute jeune fille, d'être emmenée au sérail; et puis qu'y pouvait-on ?

À cause du tabou qui interdisait au sultan d'avoir des relations avec l'une de ses sujettes, on recrutait les femmes du harem hors des frontières turques : Circassie, Géorgie, Syrie, Roumanie et, à l'occasion, Europe. Les « valets de la porte », ainsi qu'on désignait les domestiques du gouvernement turc, battaient ainsi l'Europe de l'Est et le Levant à la recherche de belles femmes. Les Circassiennes comptaient parmi les plus prisées. Peut-être la réputation de Mihri, dont la grâce était vantée dans toute la région, était-elle venue jusqu'aux oreilles des agents de Constantinople ? Quoi qu'il en fût, les raids étaient fréquents sur la côte sud de la Russie et, quelles que fussent les protestations des familles ou des autorités locales, les jeunes filles elles-mêmes se montraient toujours consentantes.

Au harem, les odalisques étaient bien traitées. Elles ne songeaient alors qu'à attirer l'attention du sultan, la réussite ultime étant, pour les plus belles ou les plus intelligentes, de devenir l'une des quatre femmes légitimes consacrées par le Prophète. Toutes briguaient le pouvoir, aspiraient à tenir le souverain sous leur coupe : qui ne savait, en effet, que les monarques de l'Empire ottoman vivaient dominés par celles qu'ils aimaient ?

Émergeant de sa rêverie, Yamina demanda :

– Mais, Hamid, comment pourrais-je revoir Mihri ?

– Ne soyez pas fâchée, maîtresse... elle sait que vous êtes ici.

– Qui le lui a dit ?

– Vous vous souvenez de Sahin ?

Yamina réfléchit un instant.

– Bien sûr, il a été enlevé par les agents du sultan, lui aussi. Je n'avais alors que dix ans mais je me souviens encore de la colère de mon père !

– C'est un eunuque blanc, à présent.

– Un eunuque ! s'exclama-t-elle.

Son père lui avait expliqué comment, depuis le XVe siècle et à la faveur du despotisme et de la polygamie, on confiait la garde du harem à des eunuques. Une véritable traite était ainsi organisée pour satisfaire à la demande des Turcs. Peu des malheureux survivaient à l'effroyable opération après laquelle on les enterrait jusqu'à la taille dans les sables brûlants. Ils guérissaient ou mouraient...

– Sahin est puissant, lui aussi, mais moins que Mihri. Les eunuques blancs n'ont plus autant de pouvoir que les noirs.

– Tu as vu Sahin ?

– Oui, maîtresse. J'ai confiance en lui. Il sait où nous nous trouvons.

Sans le quitter des yeux, Yamina se laissa tomber sur une chaise.

– Mihri a dit d'aller la voir. Elle vous cachera jusqu'au retour de la paix.

Devant le regard perplexe de sa maîtresse, il s'interrompit un instant.

– Il n'y a rien d'autre à faire, ajouta-t-il avec un geste impuissant. Nulle part où aller. Et il reste très peu d'argent.

Elle eut une exclamation de désespoir. La somme sauvée par Hamid lors de leur départ précipité avait beau être ridicule comparée à ce qu'ils dépensaient autrefois pour la somptueuse demeure de Balaclava, avec ses deux cents serviteurs, Yamina s'était imaginé qu'elle durerait des années. Mais la nourriture était hors de prix depuis le début de la guerre. Il y avait aussi les quelques produits de luxe qu'elle avait achetés pour son père : il n'avait jamais bu que le meilleur vin et, quand sa bronchite lui laissait quelque répit, il aimait savourer un bon cigare. Pour justifier la possession d'argent russe, Hamid avait dû prétendre qu'il l'avait volé sur le champ de bataille ou gagné avant le début des hostilités, mais il avait beaucoup perdu en le changeant et Yamina s'était déjà demandé si leur véritable ennemi n'allait pas bientôt être la faim.

Il fallait maintenant regarder la situation en face. Sans argent, il était impossible de gagner un autre pays. Impossible également de rentrer en Russie. À moins d'un important bakchich qu'ils n'étaient pas en mesure de fournir, aucun passeur n'accepterait de leur faire traverser la mer Noire. Mais entrer dans un harem ! Tout son être frémissait d'horreur à cette idée.

– Vous y serez en sécurité, maîtresse, fit Hamid, devinant ses pensées. Sahin et Mihri se débrouilleront plus tard pour vous en faire sortir. Ce n'est pas aussi difficile qu'à l'époque où le sultan vivait au sérail. Mihri est habile. Elle a beaucoup de pouvoir.

– Mais, Hamid... le harem !

– Elle prétendra que vous êtes sa sœur.

Yamina se leva et alla se poster devant la fenêtre. Le soleil éclaboussait encore les toits plats des maisons blanches, mais l'après-midi tirait à sa fin. Bientôt la nuit tomberait, la douce nuit veloutée du Levant, émaillée d'étoiles. Des lumières s'allumeraient sur le Bosphore, celles des vaisseaux apportant de nouveaux renforts pour briser la résistance des derniers Russes à Sébastopol. Car la paix ne pourrait intervenir désormais qu'avec la reddition de la forteresse et l'humiliation des Russes. Jusque-là, Yamina se savait en danger. En danger de mort. La décision officielle de procéder à une fouille systématique des habitations signifiait sa perte : elle ne possédait aucun papier, rien qui prouvât son identité et, face à un Français, le subterfuge qu'elle avait employé avec lord Castleford échouerait à coup sûr.

Pourtant, la perspective de rejoindre le mystérieux, le sinistre harem, lui apparaissait comme un effroyable cauchemar. Elle connaissait le sérail qui se dressait, telle une ombre sur le ciel pur. Son enceinte sacrée avait dissimulé naguère une véritable ville de plusieurs milliers d'habitants, où l'on trouvait tous les corps de métier, depuis les bûcherons jusqu'aux musiciens, en passant par les astrologues et les apothicaires, les nains bouffons ou le gardien de la Cage du Perroquet... Bien qu'il fût à présent silencieux et peuplé de fantômes, il n'avait rien perdu de son aspect menaçant. Comment ne pas songer aux rumeurs qui circulaient au sujet des *bostandjis* ? Jadis jardiniers du sérail, affectés aujourd'hui à la garde du parc du palais, ils enfermaient dans des sacs lestés, afin de les noyer, les femmes infidèles ou ayant déplu au sultan. Elles mouraient en présence des eunuques noirs, qui les surveillaient dans la mort comme ils l'avaient fait dans la vie...

Le monde chrétien regardait les souverains de Constantinople comme des monstres de licence et de péché. Bien que l'actuel monarque, sous l'influence de l'ambassadeur britannique, ait effectué de nombreuses réformes dans l'Empire ottoman, sa vie privée demeurait obscure. Le père de Yamina lui avait souvent parlé de la passion des Turcs pour la dissimulation : leurs maisons, leurs femmes, leurs rois étaient enveloppés de mystère.

– Un exemple typique, avait-il expliqué : lorsque le sultan se déplace, il est entouré de gardes qui portent des bannières, des ombrelles brodées de perles et des casques surmontés d'une plume d'autruche afin de l'abriter des regards indiscrets. Le mystère excite l'imagination des curieux et c'est là, sans doute, qu'il faut chercher l'origine des épouvantables légendes qu'on raconte sur le sérail. Certaines sont peut-être véridiques, mais je suis tout prêt à croire que la plupart d'entre elles ne sont que pure invention.

Ainsi, grâce aux récits de son père, Yamina s'était intéressée à l'histoire des femmes cloîtrées à jamais dans le sérail. Elle savait que leur nombre dépassait trois cents. C'était du moins ce qu'on prétendait, mais qui aurait pu l'affirmer avec certitude ? Et voilà que, maintenant, aussi incroyable que cela fût, Hamid lui suggérait d'entrer dans ce lieu dont on avait dit jadis que sa religion était le plaisir et son dieu le sultan !

– Je ne peux pas... C'est impossible ! murmura-t-elle.

Pourtant, quelle autre solution avait-elle ? Attendre que les autorités turques ou, pire, la population elle-même, ne la tirent de sa cachette ? S'enfuir sans argent et mourir de faim ? Se rendre aux Anglais ? Certes, on l'aurait traitée avec courtoisie à l'ambassade, mais que pourrait lord Stratford sinon la remettre aux autorités turques qui l'emprisonneraient aussitôt ou bien l'exécuteraient pour espionnage ? Elle n'avait plus le choix désormais. Elle devrait entrer dans la prison la plus célèbre du monde : le harem.

Voyant que Hamid attendait anxieusement sa réponse, elle eut un élan d'affection et de reconnaissance pour cet homme qui, malgré la guerre opposant leurs deux pays, avait risqué sa vie pour eux.

– Pourquoi fais-tu tout cela, Hamid ? demanda-t-elle soudain.

– Vous m'avez accueilli dans votre foyer comme l'un des vôtres. Le maître et vous êtes mes parents maintenant.

Il dit cela avec une telle simplicité et tant de sincérité qu'elle sentit les larmes lui monter aux yeux.

– Le maître, Hamid… murmura-t-elle, il faut l'enterrer, mais où ? Comment trouver un prêtre sans nous trahir ?

– Je crois qu'il faudra brûler la maison en partant.

Yamina laissa échapper une exclamation horrifiée. Mais c'était, en effet, la seule chose à faire. Il fallait considérer la situation d'Hamid : si l'on découvrait qu'il avait aidé deux Russes à se cacher, c'en était fait de lui. D'ailleurs, son père s'était souvent plaint que la mort était lugubre et les funérailles morbides. Des années auparavant, il lui avait dit :

– Je hais l'idée d'être enfoui sous la terre, dans un trou. Je garde un terrible souvenir de l'enterrement de mon père, de ce cercueil déposé dans le caveau de famille. Pourtant, y a-t-il une autre solution ?

Yamina connaissait maintenant la réponse. Ils mettraient le feu à la maison. Il n'y aurait pour lui ni trou ni caveau.

– Tu as raison, Hamid.

– Si vous le permettez, je vais aller voir Sahin afin de régler tous les détails. N'ouvrez pas la porte jusqu'à mon retour.

– Va ! Et Allah te protège !

Le visage grave du serviteur s'éclaira d'un sourire.

– Un jour, maîtresse, nous rentrerons à la maison !

– J'en suis certaine, Hamid. Mais, quoi qu'il arrive, tu dois retourner là-bas. Quand mes oncles ou mes cousins arriveront de Saint-Pétersbourg et qu'ils découvriront ce qui s'est passé, raconte-leur tout ce que tu as fait pour nous.

Hamid fit la traditionnelle révérence des Orientaux et sortit sans un mot.

Lorsqu'elle fut seule, Yamina enfouit son visage dans ses mains. Elle ne pouvait encore croire à ce qui lui arrivait. Ce devait être un mauvais rêve... Se réfugier auprès du sultan, se cacher dans son harem... Avait-elle vraiment accepté une chose pareille ?

Oui – car où se sentir plus en sécurité qu'avec Mihri ? La belle Circassienne avait un an de plus qu'elle et, à l'époque de son enlèvement, elle était à l'apogée de sa beauté. Il avait fallu trois jours de recherches dans tout le domaine avant qu'on comprenne ce qui s'était passé. Tandis que Yamina pleurait amèrement la perte d'un être qu'elle aimait tant, les autres femmes se réjouissaient : Mihri se trouvait dorénavant dans le seul endroit où l'on apprécierait sa beauté à sa juste valeur. Pour la jeune servante, c'était là une chance unique, lui avait expliqué son père.

– Mais, comment peut-elle supporter cela ? s'était indignée Yamina. Partager avec trois cents rivales le vain espoir d'attirer un jour l'attention du sultan, tout en sachant combien c'est improbable ! Et quand bien même il la remarquerait, les autres en seraient jalouses et la détesteraient !

– J'ai le sentiment que les femmes sont partout les mêmes, lui avait répondu son père en souriant. Elles aiment toutes plaire aux hommes et rêvent d'un beau mariage. Pour Mihri, j'en suis persuadé, devenir l'une des *ikbals* du souverain sera tôt ou tard son unique ambition.

– Mihri est intelligente ! Je lui ai appris à lire, à écrire ! Elle parle un peu l'anglais, son français est correct et je suis certaine qu'à l'heure qu'il est, elle connaît aussi le turc !

– Dans le cas contraire, elle aurait beaucoup de mal à communiquer avec ses compagnes. Mais puisque le sultan parle le français et l'anglais, elle aura un net avantage sur beaucoup d'autres.

– Je doute fort qu'il y en ait d'aussi belles qu'elle ! avait rétorqué Yamina.

Elle ne s'était pas trompée. Si déjà Mihri avait obtenu les faveurs du roi, elle pouvait rapidement devenir une des quatre *kadines*, les femmes du sultan. Et quel plus beau destin pour une Orientale ? En tant qu'*ikbal*, elle devait être puissante et elle serait à même de la protéger de la jalousie des odalisques ou des ardeurs du sultan. Il n'y aurait pas d'autre homme pour la tourmenter, songea-t-elle, et d'ailleurs, elle savait bien qu'aux yeux d'un monarque turc elle n'avait aucune chance de rivaliser avec une Circassienne aux cheveux blonds et à la peau blanche.

Rassurée, elle monta l'escalier pour aller s'agenouiller au chevet de son père.

Il était très tard lorsque Hamid revint. Incapable de l'attendre sans rien faire, elle avait préparé le dîner. Dès qu'il poussa la porte, elle sauta sur ses pieds et le regarda, pleine d'appréhension.

Il lui fit la traditionnelle révérence puis il déclara simplement :

– Tout va bien, maîtresse.

– Tu as dit à Mihri que le maître est… mort ?

– J'ai vu Sahin et il est allé lui parler pendant que j'attendais. Mihri vous enverra une chaise à porteurs dès demain. Sahin veillera à ce que vous entriez au palais discrètement.

Après un long silence, Yamina demanda :
– C'est la seule solution, n'est-ce pas ?
– Oui, maîtresse. Il faut faire vite. Il y a chaque jour davantage d'émeutes et... d'exécutions.
Il semblait horrifié par ce qu'il avait vu ou entendu dehors.
– Tu es certain que je pourrai en sortir, après la guerre ?
– Mihri se débrouillera. Sahin l'a promis.
« Sinon, songea-t-elle, je mourrai. Cela vaudra mieux que de rester enfermée dans une cage dorée le reste de mes jours... »
Les longues heures qu'elle passa au chevet de son père lui apportèrent une étrange paix. D'abord, elle le pleura sans relâche, mais bientôt elle fut capable de sentir sa présence à ses côtés. Et il la réconfortait, lui répétant que ce qu'il advenait du corps après la mort ne comptait guère. Seule importait l'âme.
Depuis la mort de sa mère, Yamina s'était beaucoup rapprochée de son père, cet homme si intelligent et cultivé, qui se passionnait pour d'innombrables sujets. Par-dessus tout, il aimait se pencher sur l'histoire, fouiller le passé et faire découvrir à sa fille les fabuleuses civilisations disparues. Un jour qu'ils évoquaient le fameux Gengis Khan et Alexandre le Grand, Yamina avait poussé un soupir.
– Quel gâchis ! Leurs efforts ont finalement été inutiles... Tout ce qu'ils ont accompli, tout ce pourquoi ils ont combattu a été perdu, oublié !
– Rien n'est jamais perdu, mon enfant, avait-il répondu en souriant. Chaque parcelle d'énergie humaine retourne à la grande force dont elle

est issue. C'est la vie qui nous pousse et nous fait aller de l'avant.

– Vers d'autres efforts, d'autres buts ?

– Exactement.

– Et à notre tour, nous voilà perdus nous aussi !

– Non, Yamina. Simplement vivants. Là réside justement le principe de toute évolution. La roue continue de tourner : de grands personnages apparaissent, qui cèdent bientôt la place à d'autres... Je crois que ce que nous faisons, ce que nous pensons contribue au Grand Tout et que rien ne se perd.

Encore jeune à l'époque, Yamina n'avait pas bien compris ce qu'il avait voulu dire mais plus tard, songeant aux saisons qui s'en vont et reviennent, à la graine, à la feuille qui tombent sur la terre pour faire naître d'autres arbres, d'autres feuilles, elle avait songé : « Peut-être en va-t-il de même pour nous, peut-être n'y a-t-il pas mort véritable mais seulement renaissance... »

C'était cela, elle le savait maintenant, le message qu'il avait voulu lui transmettre. Mais pour l'instant, elle avait d'autres préoccupations, plus urgentes : elle devait prendre une grave décision, une décision qui pouvait se révéler fatale. Car si elle ne parvenait pas à s'évader du harem, il ne lui resterait plus qu'à mourir.

– Que dois-je faire, Hamid ? demanda-t-elle, en proie à une terreur soudaine.

– Vous avez toujours été brave, maîtresse, comme le maître. Il vous a légué un grand courage.

Et c'était bien de courage dont elle avait besoin maintenant afin de poursuivre cette terrifiante aventure à l'issue improbable. Pourtant, elle n'avait pas vraiment le sentiment d'être abandonnée. Elle serait aidée, soutenue, peut-être plus directement par son père mais du moins par Celui qui les avait déjà sauvés de l'ennemi lorsqu'ils se trouvaient à Balaclava, qui leur avait permis durant six mois de vivre ensemble, heureux malgré l'absence de ce luxe auquel ils étaient habitués, et même en dépit de l'absence de tout confort, de toute sécurité. Non, elle n'avait pas été malheureuse pendant cette dure période. Singulier bonheur, d'ailleurs, que celui qui les unissait, son père, Hamid et elle-même. Elle n'aurait pu l'expliquer et pourtant...

Ils n'avaient jamais fait de mal à quiconque. Ils n'étaient pas pour cette guerre. Ils désiraient la paix et, curieusement, ils l'avaient trouvée dans cette humble maisonnette de la capitale ennemie. Ils n'avaient pas d'amis, personne vers qui se tourner. Néanmoins, envers et contre tout, ils avaient surmonté ensemble cette terrible épreuve.

« Maintenant, je serai seule pour affronter l'avenir », songea-t-elle atterrée. En pénétrant dans le harem, elle n'aurait plus, pour la première fois, le soutien réconfortant de son père ou d'Hamid. C'était comme d'entreprendre un périlleux voyage sans en connaître la destination finale, avec une unique certitude : elle serait... seule.

3

Yamina descendit à la cuisine où l'attendait Hamid.

– Suis-je comme il faut ? demanda-t-elle d'une voix inquiète.

Il l'observa attentivement. Elle était habillée comme une femme turque : sous l'*entari*, dont les longues manches flottantes découvraient les poignets d'une chemise en voile, elle avait passé un *salvar*, large pantalon serré aux chevilles. Sur ses cheveux dénoués était posé un petit chapeau plat et rond à pompons : le traditionnel *talpock*.

– C'est parfait, maîtresse.

Rassurée, elle enfila les petites babouches brodées et recourbées au bout. Comme c'était étrange d'être vêtue ainsi... Mihri lui avait fait parvenir les vêtements ordinaires et bon marché qu'était censée porter une pauvre jeune fille circassienne. Des toilettes plus élaborées l'attendaient sans doute au harem mais la précaution lui parut sage. Afin d'éviter tout risque de trahison, les deux hommes qui l'emporteraient tout à l'heure en chaise à porteurs étaient sourds-muets. Hamid devait l'accompagner jusqu'aux grilles du palais où il la laisserait aux mains de

Sahin qui la conduirait à Mihri. Elle n'en savait pas davantage mais déjà il lui semblait avoir mis en branle les rouages d'une gigantesque machine qui allait la propulser vers l'inconnu.

Sa vie avait pris une curieuse tournure depuis quelque temps. L'année précédente, à la même époque, elle pensait tout bonnement rentrer à Saint-Pétersbourg et voilà qu'à présent, elle se trouvait prise au beau milieu d'une guerre, qu'elle avait dû fuir un lieu de vacances devenu ennemi et qu'elle s'apprêtait à pénétrer dans le harem du redoutable sultan ! Tout cela était tellement incroyable ! Elle songea tristement à la vie qu'elle avait connue dans son pays, aux bals, aux réceptions, aux assemblées qui se tenaient dans la capitale russe, à la paisible beauté de leurs grands jardins à Balaclava.

– Vous êtes prête, maîtresse ?

Hamid semblait anxieux, lui aussi, de ce que l'avenir leur réservait.

– Je vais dire adieu à mon père, répondit-elle.

Les bougies brûlant aux quatre coins du lit éclairaient faiblement la chambre aux rideaux tirés. Les mains croisées sur la poitrine, un bouquet de muguet rapporté du bazar posé sur les draps blancs, son père ressemblait tout à fait, cette fois, à un gisant sculpté sur une tombe. L'arôme des fleurs flottait dans la pièce, et Yamina songea aux jours enfuis où ils se promenaient tous deux dans les jardins embaumés de leur belle résidence. Son visage conservait dans la mort une étonnante grandeur. Toute sa vie, il avait accepté les revers de la fortune avec un calme inébranlable. Jamais il ne s'était plaint ni révolté contre la cruauté d'une guerre qui ne le concernait même pas, et toujours, il s'était efforcé de transmettre à sa fille sa foi dans les valeurs supérieures.

– C'est notre intelligence qui nous guide dans l'adversité, lui disait-il. C'est notre cerveau qui nous donne le courage et la force de vaincre la peur. Rien n'est plus important.

Elle s'agenouilla à son chevet, se demandant si, à ce moment, cet homme qui jamais n'avait tremblé pour lui-même avait peur pour sa fille.

– Aide-moi à te ressembler, papa. Donne-moi le courage de faire face !

Tout en priant, elle revit le visage ensanglanté de l'espion russe traîné dans le bazar. Avait-il crié, s'était-il débattu quand on l'avait emmené ? Peut-être était-il du bois dont on fait les martyrs, qui vont à la mort le sourire aux lèvres en défiant leurs bourreaux ? « En serais-je capable ?... Oh ! Aide-moi, papa, aide-moi ! »

Une fois de plus, elle récita les prières des morts. Son père n'avait pas reçu les derniers sacrements mais cela n'importait guère, là où il se trouvait maintenant, délivré de la souffrance.

– *Requiescat in pace. Amen.*

Elle se leva, se signa, regardant une dernière fois celui qu'elle avait tant aimé. Leur vie recluse dans la maisonnette blanche les avait encore rapprochés, au point qu'ils devinaient parfois leurs pensées réciproques, sans avoir besoin de mots. Elle revit les longues soirées passées à explorer les sujets qui les passionnaient : l'Empire byzantin, la Chine mystérieuse ou la fabuleuse époque des grands pharaons... « Qui me parlera de tout cela maintenant ? » se demanda-t-elle avec désespoir.

Le temps passait. Après un ultime regard à son père, aveuglée par les pleurs, elle quitta la pièce.

Hamid, silencieux, saisit le voile et lui en couvrit le visage. Puis il posa sur ses épaules le *feredjeh* noir dont se couvraient les femmes turques pour sortir dans la rue.

– Voulez-vous attendre un instant, maîtresse ?

Il monta l'escalier. Entendant ses pas au premier, elle comprit qu'il versait autour du lit l'essence achetée au bazar. Il redescendit et répandit le reste sur le sol, les meubles, les murs de la cuisine. Finalement, toujours sans un mot, il ouvrit la porte.

Un palanquin, semblable aux chaises qu'on trouvait encore en Angleterre ou même à Saint-Pétersbourg, les attendait. Les sourds-muets détournèrent les yeux lorsque Hamid aida sa maîtresse à s'installer. Personne ne devait savoir qui se trouvait derrière les rideaux tirés.

Les porteurs allaient saisir les brancards mais, sur un signe d'Hamid, ils s'immobilisèrent. Yamina retint sa respiration en le voyant rentrer dans la maison : au bout de quelques secondes, les premières flammes illuminèrent les vitres du rez-de-chaussée, Hamid reparut, referma la porte derrière lui et donna le signal du départ. Au même moment, la maison s'enflammait et des langues de feu vinrent lécher portes et fenêtres. Surpris, les sourds-muets tournèrent la tête mais Hamid, d'un geste impératif, leur ordonna de s'éloigner.

Le feu prenait rapidement de l'ampleur. Déjà, le toit s'embrasait et, malgré la distance, on entendit bientôt un grondement terrible. Tout le voisinage était en émoi. Les gens accouraient sur la route et sortaient sur le pas de leur porte pour voir ce qui se passait.

Très vite pourtant, on ne les distingua plus et

Yamina laissa retomber le rideau. La chaise allait bon train. Elle ne put s'empêcher de jeter un dernier regard. À travers les sombres branches d'un bosquet de cyprès, elle vit le ciel incandescent. « Tu es mort dans un éclat de gloire, papa », songea-t-elle, sûre qu'il devait sourire en voyant ce prodigieux bûcher funéraire.

Elle allait refermer le rideau quand elle vit arriver un cavalier chevauchant un étalon splendide. Lord Castleford ! Impossible de ne pas le reconnaître tant il était élégant dans sa tenue qui rappelait celle des aristocrates de la Cour de Saint-Pétersbourg, avec ce port de tête qui révélait une indomptable arrogance... Seul un Anglais pouvait paraître aussi distant, aussi souverainement indifférent à ce qui l'entourait. Il imposait certainement l'admiration. Que pouvait-il bien faire à une heure pareille, dans ce quartier pauvre ? Est-ce que, malgré les efforts qu'elle avait faits pour l'en dissuader, c'était elle qu'il venait voir ? Non, elle avait trop d'imagination. Il avait sans doute oublié la femme qu'il avait sauvée la veille.

Comme il s'approchait, elle eut soudain envie de l'appeler. Et si elle lui demandait de l'aide ? Si elle lui expliquait sa situation, lui révélait sa nationalité ? L'aiderait-il ?

Quelle idée absurde... Lord Castleford, diplomate résidant à l'ambassade de Grande-Bretagne, hôte de l'Elchi, adopterait évidemment le seul comportement qu'on pouvait attendre de lui et la remettrait immédiatement aux autorités britanniques.

Les sabots du cheval arrivaient à leur hauteur. Allait-il reconnaître Hamid ? Elle retint son souffle. Il était pourtant improbable qu'un homme aussi hautain accorde un seul regard à un pauvre Turc accompagnant une chaise à porteurs : rien ne distinguait Hamid de ses milliers de compatriotes aux yeux d'un Européen.

Le bruit des sabots disparut. Yamina laissa retomber le rideau et s'adossa contre le siège. Il ne pouvait rien pour elle. Personne ne pouvait l'aider ! Il ne lui restait qu'à accepter son sort.

Elle eut à peine le temps d'entrevoir la somptueuse enceinte de marbre du palais de Dolma Bagdche, dont elle apprit par la suite qu'il présentait un mélange d'architecture turque et occidentale. Pour le sultan, il incarnait la beauté, le modernisme. Le vaste édifice, bordé d'un côté par le Bosphore, de l'autre par des collines et des parcs verdoyants, évoquait le château d'une fée, comparé au sombre et sinistre sérail. Deux énormes ailes se rattachaient au corps de logis. Devant les grandes marches de marbre qui menaient au bord de l'eau, attendait le caïque royal, prêt à transporter le sultan vers toute partie de son domaine où il voudrait se rendre. Impossible de concevoir véhicule plus beau ou plus approprié pour un souverain. D'un blanc immaculé, bordé d'or et de rose, il dansait sur l'eau, léger comme un papillon. Douze rameurs immobiles, vêtus de soie blanche et coiffés de chéchias écarlates, tenaient leurs rames à poignée d'or. Le divan de soie du calife attendait à l'arrière, abrité sous un dais vermeil reposant sur des colonnettes d'or. En or également, l'aigle aux ailes déployées ornant la poupe. À la proue, un homme drapé de pourpre tenait la barre. On trouvait là un avant-goût du faste, de la splendeur du palais.

En franchissant la grille principale, Yamina, dans un sursaut de panique, fut prise d'une folle envie de descendre, de s'enfuir à toutes jambes avant que les lourdes portes ne se referment sur elle. Mais elle entendit murmurer et n'osa même pas regarder à travers le rideau. Puis la voix d'Hamid s'éleva, tranquille :

– Allah soit avec vous, maîtresse ! Nous nous reverrons bientôt.

Il avait parlé d'un ton prophétique et elle ne demandait qu'à le croire. Cher Hamid, si dévoué, si efficace, qui les avait protégés des Anglais puis des Turcs ! Elle était heureuse d'avoir pu lui donner le peu d'argent qui restait encore.

– Ne vous inquiétez pas, maîtresse, avait-il supplié. Les jeunes sont à la guerre, les vieux doivent prendre leur place et le travail ne manque pas.

C'était exact. Partout à Constantinople, on offrait des emplois et Hamid était habile.

– J'ai aussi des parents à Constantinople, avait-il ajouté. Ils ne m'ont pas vu depuis des années mais les liens du sang ne s'oublient pas. Je peux aller chez eux pour l'instant.

Le reverrait-elle jamais ? Parviendrait-elle à s'échapper ? L'espoir que sa famille rachète un jour sa liberté la réconforta un instant mais c'était un rêve fou : que pourraient-ils proposer qui intéressât un sultan ?

Il était trop tard pour confier ses craintes à Hamid. Déjà, on la conduisait jusqu'à une porte latérale. Le palanquin fut posé à terre, les rideaux tirés et Sahin se dressa devant elle.

S'il avait gardé ce beau visage inoubliable, cette peau blanche, ces magnifiques cheveux blonds de jadis, elle eut tout de même du mal à reconnaître, dans ce gros personnage, le garçon élancé, athlétique, enlevé neuf ans plus tôt.

Il s'inclina devant elle, lui fit signe de le suivre, s'engagea dans un passage étroit et gravit un escalier... Ils atteignirent alors ce qui devait être la porte du harem. Les serrures et les gonds, en bronze damasquiné d'or et d'argent, donnaient une idée de l'extraordinaire talent des ferronniers. Un eunuque noir, apercevant Yamina, sortit de sa ceinture une clé en or incrustée de joyaux et elle pénétra dans l'enceinte sacrée, interdite aux eunuques blancs. Sahin n'était plus là.

Le cœur battant, la bouche sèche, elle attendit. Bientôt apparut celui qui ne pouvait être que le *kizlar aga*, chef des eunuques noirs. Grâce à ses lectures, elle savait qu'il était, de loin, le personnage le plus important de l'univers où elle pénétrait. Son pouvoir était absolu. Lui seul avait le droit de parler directement au souverain. Intendant, maître de cérémonie, confident du sultan, c'était lui le chef suprême du harem. Il avait droit de vie et de mort sur les odalisques; il pouvait prendre pour esclaves des eunuques aussi bien que des femmes et on ne réservait pas moins de trois cents chevaux à son seul usage.

Vêtu d'une pelisse rouge, coiffé d'un chapeau qui ressemblait à une immense feuille en sucre inclinée sur sa nuque, le *kizlar aga* approcha en balançant gauchement son énorme personne. Il ne dit rien mais ses yeux dansèrent sur Yamina d'une manière insolente.

À sa suite, elle traversa plusieurs salles, entrevoyant au passage de somptueux coussins de soie, des tabourets ou des rideaux de velours tissés d'or et incrustés de pierres précieuses, des tapis de Ghiordes, Berghama ou Mélès, merveilles de l'art turc. Mais déjà, elle entrait dans une pièce où se trouvait une femme : elle reconnut aussitôt Mihri. Elle s'élança vers ses bras ouverts.

La porte se referma. L'eunuque les avait laissées.

– Mihri ! Oh ! Mihri... Quel bonheur de te revoir !

– Yamina !

Mihri jeta autour d'elle un coup d'œil suspicieux puis baisa la main de Yamina.

– Pardonnez-moi de vous avoir embrassée, souffla-t-elle, mais ils croient que vous êtes ma sœur. C'était le seul moyen de vous faire entrer ici.

– J'en suis très heureuse, Mihri.

– Alors, vous comprendrez que je vous appelle par votre prénom ? On trouverait étrange que je sois trop respectueuse envers vous.

– Ne prends aucun risque, surtout ! répondit vivement Yamina. Que feraient-ils s'ils s'apercevaient que tu les as trompés ?

Mihri lui adressa un sourire énigmatique. Elle était plus séduisante que jamais. Son *entari*, boutonné par d'énormes diamants, était retenu à la ceinture par une mosaïque de pierres précieuses; les mêmes diamants ainsi que de grosses perles composaient le fermoir de son plastron. Ses pieds étaient teintés au henné. Sur sa tête, un *talpock* piqué de petites boules de nacre. Épinglée à ses cheveux, une grosse aigrette suspendue à une broche figurait un bouquet : les roses étaient faites de rubis et de perles, les feuilles d'émeraudes et les tiges de diamants. Sa chevelure blonde, émaillée de brillants fixés à des chaînes d'or, flottait librement sur ses épaules. Les lèvres écarlates, les yeux assombris par le khôl et les sourcils dessinant deux ailes d'ébène sur sa peau diaphane, elle était si belle que Yamina la contemplait bouche bée.

Mihri lui sourit et la fit asseoir sur un sofa de velours, adossé à un mur de marbre aussi travaillé qu'une dentelle.

– Vous cherchez la petite servante qui raccommodait vos vêtements ! Tout a changé, maintenant !

– J'ai appris que tu étais très importante dans le harem.

– Je suis une *ikbal* et le sultan m'aime. Bientôt, je crois, il me prendra pour *kadine*.

– Il est gentil avec toi ?

– Il est mon seigneur et mon maître et je me prosterne à ses pieds, fit-elle gravement.

Puis, incapable de résister plus longtemps, elle s'écria :

– Regardez mes bijoux, mes bracelets, mes anneaux ! Et ces diamants autour de mon cou ! Rien, il n'y a rien qu'il ne me donne !

– J'en suis heureuse pour toi, Mihri, mais tu n'aurais pas dû risquer de perdre sa faveur pour moi.

– Je n'ai pas oublié votre bonté, ni celle de votre mère, la plus belle des femmes.

Elle avait posé son doigt sur ses lèvres et regardait par-dessus son épaule.

– Nous sommes épiées en permanence, murmura-t-elle. Il faut que je pense à vous tutoyer. Je dois dire « notre mère » et « notre vie ». Mon passé doit être le vôtre. Sinon, ils vont avoir des soupçons.

– Je serai très prudente, promit Yamina.

Mihri l'observa, les yeux brillants.

– Viens ! Nous devons t'habiller comme il convient à la sœur d'une *ikbal* : tu dois être belle... mais pas trop ! Car je te haïrai si tu attires le regard du sultan !

– S'il a la chance de te regarder, c'est très improbable ! assura Yamina.

Elle devait découvrir très vite la farouche jalousie qui faisait rage dans ces murs. Elle fut très surprise de découvrir la hiérarchie qui divisait cette petite société, dotée d'un protocole très rigide, et sa première réflexion fut que ceux qui s'imaginaient trouver là un temple de la luxure ignoraient tout du strict formalisme qui y régnait. La plupart des odalisques étaient destinées à ne jamais voir le sultan. Aussi inventaient-elles des façons de passer le temps. Toutes vivaient dans l'espoir d'attirer les regards du maître. Si elles échouaient, elles se consolaient en mangeant trop, en confectionnant des confiseries, en brodant, en jouant de la musique ou en nouant entre elles d'étranges liaisons. Chaque nouvelle venue devait suivre des cours que Yamina baptisait « académie de l'amour », puisqu'on y enseignait l'art d'aimer. Là, on lui apprenait à approcher humblement l'« ombre d'Allah sur la terre », la chance de sa vie, le moment suprême et tant attendu.

Certes, il y avait peu d'élues. Le spectre de ces cruels sultans qui, tel Ibrahim, réclamaient une vierge pour chacune des heures du jour, hantait le harem. Mais, en réalité, l'histoire de l'Empire ottoman n'était qu'un long témoignage de l'immense pouvoir exercé par les femmes. Cruelles, rusées, ambitieuses, impitoyables, bien des *kadines* avaient asservi leur seigneur et maître, dirigeant non seulement le sérail mais aussi le pays.

Quand elles avaient appris tout ce qu'elles devaient savoir, les odalisques passaient devant une sorte de conseil d'inspection présidé par la mère du souverain, la sultane *valideh*. Rien n'était laissé au hasard : comme Mihri l'avait observé avec lucidité, cela épargnait au maître bien des déceptions.

Si on l'estimait prête, la nouvelle venue rejoignait les trois cents autres femmes spécialisées dans l'art qu'elles pratiquaient si rarement et qui, voluptueuses et jalouses, attendaient avidement leur chance.

Celle-ci se présentait quand le sultan venait au harem. Sa visite était annoncée par les eunuques au son d'une grande cloche d'or. Dans un remue-ménage fébrile, on choisissait alors les vêtements les plus beaux, les plus spectaculaires. Les visages étaient fardés, les lèvres rougies. Le khôl dessinait des regards pleins de mystère. Le chef trésorier et la mère du sultan accueillaient le souverain à l'entrée du harem puis le Grand eunuque les conduisait tous les trois au lieu de la cérémonie qui se tenait dans les appartements de la sultane ou de l'une des *ikbals*.

– C'est très excitant ! expliqua Mihri. Un eunuque magnifiquement vêtu ouvre la marche en chantant : « Voici notre Souverain, l'Empereur des vrais croyants, l'Ombre d'Allah sur la terre, le Successeur du Prophète, le Maître des maîtres, l'Élu parmi les élus ! Vive notre Sultan ! Admirons-le, car il est la gloire de la Maison d'Osman ! »

– Et ensuite, que se passe-t-il ? demanda Yamina.

– Le sultan passe parmi les rangées de femmes qui se tiennent dans la position prescrite, la tête rejetée en arrière, les mains croisées sur la poitrine.

– Qui assiste à cette cérémonie ?

– Tout le monde ! Les anciennes favorites du sultan, sa famille, ses filles, les *kadines*, c'est-à-dire ses femmes, les *ikbals*, ses maîtresses, et les *guzdehs*.

– Qui sont les *guzdehs* ?

– Celles qu'il a remarquées mais pas encore choisies. Les plateaux d'argent circulent, chargés de café, de confiseries, tandis que les odalisques se pressent autour du maître.

– Il t'a donc préférée à toutes les autres ?

– Parfaitement ! Il a demandé mon nom à la sultane *valideh*. Et on m'a autorisée à approcher de son dais pour embrasser le coussin du divan royal.

– Et après ?

– Nous avons été heureux, plus heureux que je ne l'aurais jamais imaginé. Dès que j'attendrai un enfant, il a promis de me prendre pour femme, pour *kadine* !

Elle poussa un petit soupir de satisfaction.

– J'aurai alors des appartements plus grands, davantage d'esclaves, de bijoux et d'argent !

Yamina ne put s'empêcher de se demander si tout cela ne comptait pas plus que le sultan lui-même mais elle eut la sagesse de n'en rien dire. Abdul Medjid ne possédait pas la personnalité de son père. Ses qualités – un caractère doux et le sens du devoir – étaient amoindries par son manque d'énergie. Petit, mince et pâle, on le disait en outre d'un naturel mélancolique mais lorsqu'il souriait, son visage s'illuminait. Il régnait maintenant depuis seize ans, phénomène remarquable dans l'histoire de l'Empire ottoman où les sultans mouraient jeunes, victimes du poison, du couteau ou de la corde.

Mihri, brûlant de lui montrer sa chance et sa fortune, lui fit voir, par un balcon ouvragé, le grand hall central du palais, surmonté d'un dôme aux massives colonnes dorées. Des guirlandes et des festons encadraient les fenêtres; les murs, d'un blanc éclatant, étaient peints à fresque, banals à côté du dramatique sérail au passé prestigieux. La lumière qui jouait sur une profusion d'objets en verre coloré : bibelots, vases ou tables à café, leur donnait des tons de rouge, de bleu et de vert très intenses. De toute évidence, le sultan raffolait des immenses miroirs, des chandeliers en cristal de Bohême, des plafonds éclatants, des lourdes chaises de style occidental. L'exquise beauté de certaines mosaïques ou du marbre finement ciselé ravissait le regard. Ce qui fascinait surtout Yamina, c'est l'extravagance fantastique qui semblait une insulte à cette misère qu'elle avait rencontrée au bazar ou dans certains quartiers pauvres de la ville. Pourquoi ces pelles à poussière en argent massif, ces boutons en diamant cousus sur les bottines en chevreau importées de Paris, qui flattaient le goût des odalisques pour le chic occidental ? Et ces ombrelles à baleines d'or émaillé de saphir, ces tasses à café taillées dans une seule émeraude, ces essuie-mains raidis par leurs broderies de fil d'or ! Les dessus-de-lit dorés jetés sur les coussins étaient bordés de zibeline, les rideaux retenus par des embrasses de perles. Les favorites n'apparaissaient jamais deux fois devant le sultan vêtues de la même robe et, quelles que soient les extravagances vestimentaires auxquelles elles se livraient, le prix de leurs atours ne choquait personne. Yamina s'étonna du luxe des hammams de marbre avec leurs fontaines d'eau vive, attenants à chaque suite. Le sultan, lui avait-on dit, possédait une baignoire de jaspe aux tuyaux d'or et d'argent; les murs fleuraient la rose, le musc et l'ambre; l'aloès brûlait en permanence dans des encensoirs.

Tout ce faste perdit pourtant très vite son attrait aux yeux de Yamina qui sentit bientôt les murs se resserrer autour d'elle. Sa seule distraction était d'observer, derrière les balcons sculptés comme de la fine dentelle, les nains bouffons qui divertissaient le sultan. Mais elle les trouvait sinistres.

– Comment pourrai-je jamais m'échapper d'ici ? demanda-t-elle à Mihri quand elle put de nouveau lui parler seule à seule.

Mihri haussa les épaules.

– Je n'en sais rien. J'ai appris de Sahin que vous risquiez d'être arrêtée comme espionne.

– Oui, ils parlaient d'effectuer des recherches maison par maison ! J'avais peur pour moi, mais aussi pour Hamid.

Elle ne dit rien de ce qu'elle avait vu au bazar. D'ailleurs, une seule pensée l'obsédait : comment sortirait-elle de ces lieux ?

Elle commençait à croire que c'était impossible. Dans chaque recoin, elle croyait voir un guetteur tapi. Les étranges sourds-muets qui se hâtaient en silence dans les corridors l'effrayaient. Il se trouvait toujours une ombre pour se déplacer furtivement dans ce palais où chacun marchait à pas feutrés, pieds nus, ou dans des babouches incrustées de pierreries. Elle tremblait de peur lorsqu'elle se trouvait seule. Mihri elle-même semblait parfois à bout de nerfs. Dans ce palais plein d'intrigues, le danger était partout, inconnu, caché, insoupçonné. Qui pouvait savoir si un sorbet de sucre et de violette ne contenait pas du poison, si une dague richement ornée de joyaux ne frapperait pas celle qui passait dans un couloir étroit ? Une gorgée de café pouvait être la dernière, le mouchoir de gaze d'une rivale pouvait dissimuler une fiole mortelle. Un seul homme pour tant de femmes ! Une favorite et tant d'yeux jaloux, envieux, tant de cœurs consumés par la haine !

Un soir que Mihri lui montrait pour la centième fois ses diamants, ses rubis, ses émeraudes étincelants sous le soleil qui pénétrait par les fenêtres, elle murmura soudain :

– Nous devons prévoir votre départ très vite.

– Pourquoi ? fit Yamina, aussitôt en alerte.

– Rester plus longtemps serait imprudent.

– Mais pourquoi, Mihri ?

Avait-elle offensé le sultan ? Sans l'avoir jamais vu, elle savait trop bien qu'il suffisait d'un mot pour que le destin d'une pensionnaire soit aussitôt scellé ! Une odalisque âgée, aigrie, et qui n'avait jamais reçu les faveurs du sultan, s'était fait un plaisir de lui raconter comment un précédent souverain, dans un accès d'ennui, avait ordonné la destruction du harem tout entier.

– Il voulait de nouveaux visages !

C'était une Persane et depuis l'arrivée de Yamina, elle essayait de lui faire peur.

– Comment ont-elles été tuées ? avait demandé celle-ci, consciente qu'il lui fallait poser une question.

– Comme d'habitude : les pieds lestés, elles

furent enfermées dans des sacs et jetées dans le Bosphore... On dit qu'un plongeur les a vues un jour, avait-elle ajouté avec un sourire mauvais, toutes droites au fond de l'eau, ondulant sous les flots. Mortes mais encore animées !

Yamina avait frissonné, frappée par les intentions morbides de son interlocutrice. Pour ces femmes amères, désœuvrées, le seul plaisir semblait être désormais de répandre autour d'elles le poison de la haine jalouse qu'elles ressentaient pour les plus fortunées... Une âme malveillante avait-elle informé le sultan de son imposture ?

Ses yeux interrogateurs étaient fixés sur Mihri.

– Je peux me tromper, reprit celle-ci, mais j'ai le sentiment que Son Excellence le *kizlar aga* s'intéresse à vous.

– Le Grand eunuque ! s'exclama Yamina. Que veux-tu dire ? Pourquoi s'intéresserait-il à moi ? Se douterait-il de quelque chose ?

– Oh ! C'est pire ! fit Mihri.

Se rapprochant de Yamina jusqu'à la toucher, elle chuchota :

– Il risque de vous demander pour son propre harem.

– Je ne comprends pas !

– C'est là une petite vanité des eunuques, expliqua l'*ikbal*. Ils aiment se comporter comme s'ils étaient encore des hommes. Avoir leurs propres femmes, tout comme le maître, flatte leur désir de puissance. Le *kizlar aga* possède un grand harem. On murmure qu'il est très cruel, que son fouet en peau d'hippopotame est utilisé en permanence et que ses esclaves sont punies pour le moindre motif ou même sans motif du tout.

– C'est impossible !

– C'est vrai ! Et il vous veut, non pour votre beauté, mais parce qu'il vous prend pour ma sœur.

– Je... je ne comprends pas, balbutia de nouveau Yamina.

– J'ai pris trop d'influence sur son maître, à son goût. Les eunuques noirs redoutent la puissance des femmes. Et pour avoir un moyen de pression sur moi, il complote de vous prendre dans son harem.

Yamina eut envie de pleurer, de hurler, tant l'idée lui semblait effroyable. Pourtant, elle devait garder son sang-froid et ne montrer sa terreur ni à Mihri ni à qui que ce soit.

– Je vais réfléchir à ce qu'il convient de faire, reprit Mihri. Il va attendre et tergiverser longtemps avant d'agir, je le connais ! Mais il est sage, dans un endroit comme celui-ci, de se tenir prêt. Les surprises peuvent être fatales !

Malgré ses résolutions, Yamina jeta un coup d'œil nerveux par-dessus son épaule, comme si elle s'attendait à voir surgir le *kizlar aga*. Elle avait l'impression que les eunuques noirs représentaient tout ce qu'il y a d'horrible, d'impur. Depuis son arrivée, elle avait appris que certaines odalisques, convaincues de ne jamais attirer l'attention de leur souverain, s'efforçaient d'établir une sorte de relation avec les eunuques. Certaines seulement car la plupart les craignaient beaucoup trop pour cela.

– Ils sont pleins de rancune, de malice, de jalousie, lui avait confié la vieille Persane. Alors, ils frappent avec leur fouet en peau d'hippopotame !

Certaines odalisques prenaient plaisir à se moquer sournoisement des eunuques et les surnommaient ironiquement les « gardiens de la rose » ou « gardiens des délices ». Si l'un deux venait à les entendre, sa vengeance était prompte et toujours féroce. Jamais de marque au visage, au cas où le sultan le remarquerait, mais les autres parties du corps étaient sillonnées d'affreuses cicatrices. De tels traitements ôtaient très vite aux fortes têtes le goût de l'impertinence.

– Qu'est-ce qui te fait penser qu'il a cette intention ? s'affola Yamina.

– Il a déjà essayé de convaincre le sultan que c'était une erreur d'accueillir ma sœur dans le harem. Il prétend qu'une *ikbal* doit réserver toute son affection à son maître et à lui seul... Je connais ses méthodes. Je l'ai déjà vu briser délibérément une amitié entre deux femmes pour le seul plaisir de faire du mal. Il peut se montrer impitoyable envers celles qu'on a autorisées à garder leurs enfants, allant jusqu'à les séparer d'eux, uniquement pour prouver sa puissance !

– Que faire ? souffla Yamina.

– Je vais trouver une solution, promit Mihri.

Mais son ton n'était guère convaincant. « Au pire, il me restera toujours le Bosphore... », songea Yamina, désespérée.

4

Assis derrière un bureau encombré de paperasses, l'ambassadeur leva la tête et, apercevant son ami et disciple, il lui adressa ce sourire charmeur dont on prétendait, dans les milieux diplomatiques, qu'il aurait fait tomber un oiseau de sa branche.

– Ça y est ! C'est arrivé ! déclara lord Castleford avec enthousiasme.

– La lettre de lord Palmerston ?

– Oui, il me demande de me rendre à Athènes. Cependant, il précise très clairement que cette nomination est temporaire.

– Il a promis de vous donner Paris. Il se peut que vous deviez attendre encore un an ou deux mais, même en ce cas, vous seriez le plus jeune ambassadeur d'Europe.

L'ambassade britannique à Paris était La Mecque de tous les diplomates ambitieux et la nomination à ce poste du jeune lord Castleford constituerait un exemple sans précédent dans les annales diplomatiques. Ce dernier s'acquittait de chacune de ses missions avec un tel brio qu'on devait bien finir par le remarquer en haut lieu. Néanmoins, le Grand Elchi s'était assuré lui-même, lors de son dernier voyage à Londres, que le Premier ministre avait eu connaissance des différentes affaires menées à bien par son élève. Il éprouvait à vrai dire une formidable satisfaction à retrouver, en ce jeune homme qui suivait en tout point ses méthodes de travail, une réplique de lui-même quand il était plus jeune.

Lord Castleford lui tendit la lettre et, après l'avoir lue attentivement, l'ambassadeur déclara :

– La Grèce n'est pas un poste facile !

– Vous avez contribué à créer le royaume des Hellènes et cet « enfant terrible de l'Europe », comme vous l'appelez souvent, est un peu votre enfant…

– Je pourrais difficilement louer sa conduite, et encore moins celle de son roi !

– Oui, je sais que Sa Majesté vous a fortement déçu.

– Nous ne pouvons que déplorer la manière dont il a pris parti pour les Russes contre les Puissances alliées.

– Il fallait s'y attendre. Outre le fait que Grecs et Russes ont la même religion, la Grèce a subi la brutale domination des Turcs pendant trois cents ans, jusqu'à l'indépendance de 1829. D'ailleurs, la reine, bien que fille du grand-duc d'Oldenburg, a du sang russe dans les veines…

– Cela ne justifie pas que le roi Othon ait choisi le moment où nous avons une guerre sur les bras pour demander à son peuple de l'aider à agrandir ses frontières !… Il n'y avait pas eu de problème grave entre la Grèce et la Turquie depuis vingt-cinq ans, à l'exception de certains incidents frontaliers en 1847, rappela l'ambassadeur d'un ton plus sec.

– L'année dernière, quand ils ont voulu envahir l'Empire, les Grecs ont été battus par les Turcs à Peta et ils ont aussi échoué en Thessalie...

– Néanmoins, nous avons parfaitement bien fait de débarquer les troupes anglo-françaises au Pirée pour faire respecter la neutralité grecque. Et si l'on veut sauvegarder les frontières actuelles, il nous faudra maintenir des forces sur place.

– Je me suis laissé dire que les Grecs soutenaient l'attitude de leur souverain, fit lord Castleford, un rien sarcastique.

– Ils l'applaudissent parce qu'il songe à de nouvelles conquêtes mais ils le considèrent comme un tyran et le mécontentement général conduira tôt ou tard à la révolution.

– Il faudra que j'essaie d'empêcher cela. Du moins jusqu'à la fin de cette guerre.

– La guerre... soupira lord Stratford.

– Où en sommes-nous ? Avez-vous des nouvelles du siège ?

– Je suis convaincu que Sébastopol tombera à la fin de l'été ou au début de l'automne. En attendant, les soldats continuent à mourir, pour beaucoup à cause de la dysenterie et de l'incompétence médicale !

– Miss Nightingale protesterait sûrement si elle nous entendait ! fit lord Castleford avec un petit sourire.

– Elle a accompli des miracles. Mais comment aurait-elle pu, en quelques mois, vaincre les préjugés et la jalousie des médecins qui font délibérément obstacle à son travail ?

Lord Castleford semblait pensif.

– Je me demande ce qui vous fait penser que Sébastopol tombera bientôt. Malgré les bombardements continuels, je commence à croire, comme les Russes, qu'elle est inexpugnable.

– Il faudra bien qu'elle se rende, affirma lord Stratford sans autre explication. Mais comme d'habitude, Napoléon III gêne les troupes turques qui, sinon, combattraient de façon magnifique !

Lord Castleford ne put s'empêcher de sourire. La partialité du Grand Elchi quand il s'agissait des Turcs, son amour pour eux étaient connus de tous. On lui devait la réforme de l'Empire ottoman et l'admiration qui avait accueilli son œuvre en Europe était la juste récompense de ses efforts.

Restait que l'ambassade de Grèce serait sûrement le plus difficile des postes confiés à lord Castleford jusqu'à présent. Oubliant un instant ses amis turcs, l'Elchi revint à la question qui les occupait.

– Le roi Othon n'a pas les qualités morales et intellectuelles requises dans sa position, déclara-t-il. Je lui ai d'ailleurs fait remarquer un jour qu'il ne devait pas prendre à la légère le fait de régner sur la Grèce.

– Vous en a-t-il voulu ?

– Non, je ne crois pas. De toute façon, il ne peut pas se permettre de se quereller avec moi : la population de son pays m'a réservé un accueil des plus chaleureux et le roi, quelle que soit sa sympathie pour la Russie, a bien trop peur d'offenser l'Angleterre.

– On prétend que Sa Majesté est un homme très séduisant ?

– Certainement. Au début de son règne, il avait tout le charme et la beauté des Bavarois. Ainsi d'ailleurs que leur goût des femmes.

– On dit, en effet, qu'il a eu d'innombrables

aventures, sans compter sa liaison avec la fameuse lady Ellenborough.

Lord Stratford se mit à rire.

– Moins on en parlera, mieux cela vaudra ! Lady Ellenborough a semé la zizanie en Grèce en prenant le roi pour amant avant d'épouser son aide de camp, puis de jeter son dévolu sur un général albanais qui fit sensation à Athènes en descendant de ses montagnes. On ne parlait plus que de lui à la Cour !

– Est-il vrai que la reine Amélie elle-même avait un faible pour le général Hadji Petros ?

– Oui, mais elle n'avait aucune chance avec pour rivale Jane Ellenborough dont les yeux bleus et les cheveux blonds faisaient succomber tous les hommes.

Il jeta un coup d'œil à lord Castleford qui affichait un air ironique.

– Il y a des femmes comme ça, vous savez, mais peut-être en Angleterre moins qu'ailleurs... J'ai connu Jane Ellenborough toute jeune : elle avait beau être impétueuse, impulsive, incurablement romantique et de vertu légère, cela n'empêchait pas des hommes aussi raffinés et cyniques que vous-même, Vernon, de tomber éperdument amoureux d'elle.

– Vous me faites peur ! Heureusement qu'elle est aujourd'hui trop âgée pour que je risque de tomber dans ses filets ! Pourtant, j'ai l'impression que même à l'apogée de sa beauté, elle ne m'aurait guère intéressé.

Lord Stratford s'appuya contre le dossier de sa chaise et répondit, les yeux pétillants de malice :

– Vous êtes bien sûr de vous, Vernon. Il est vrai que, malgré tous vos voyages à travers le monde, je n'ai jamais entendu parler d'aucun scandale à votre sujet. Pas même un commérage.

– Je suis marié à ma carrière, vous le savez ! Et si les femmes sont parfois une distraction pour moi, je n'en laisserai jamais aucune interférer avec mes ambitions ou mes projets d'avenir !

– Vous n'avez donc jamais été amoureux ?

– Si vous voulez parler de ce romantisme fleur bleue qui plonge un homme dans la confusion et le fait renoncer à tout pour des sensations éphémères, non, je n'ai jamais été amoureux...

L'ambassadeur resta silencieux un instant.

– Voilà un aspect de votre personnalité auquel je n'avais pas encore songé, Vernon. Savez-vous que vous manquez quelque chose de très important pour votre développement personnel ?

Lord Castleford se mit à rire.

– À vous entendre, on dirait que je suis atteint d'une anomalie ! Je puis vous assurer que les femmes sont pour moi un passe-temps attrayant et j'avoue volontiers avoir trouvé mainte représentante du beau sexe irrésistible... Toutefois, ajouta-t-il avec un coup d'œil amusé à lord Stratford, au risque de vous décevoir, je dois bien vous avouer qu'aucune femme n'a pu me faire dévier de la route que j'ai choisie. Très franchement, je n'en ai encore rencontrée aucune dont je n'aurais pu me passer facilement si j'avais dû choisir entre elle et mon métier.

– Peut-être qu'un jour...

– Je sais ce que vous allez dire : la réponse est non. Certains hommes se suffisent à eux-mêmes et je suis de ceux-là. La femme est un divertissement. À mon avis, reprit-il, provocant, c'est le sultan qui est dans le vrai. Quand il a fini de s'amuser, il range ses jouets dans un tiroir et il passe aux choses sérieuses.

– Voilà une opinion très orientale !

– Qui me paraît parfaitement recommandable. Imaginez comme notre tâche serait plus simple s'il n'y avait pas de lady Ellenborough pour faire d'un roi son amant et bouleverser un pays tout entier en s'enfuyant avec un général étranger ! Et ne croyez-vous pas que la situation à Paris serait plus aisée si Napoléon III était moins obsédé par ses innombrables maîtresses ? Chacune d'entre elles affaiblit son crédit sur la scène internationale et l'expose au ressentiment du peuple !

Il observa longuement l'ambassadeur.

– Vous n'êtes pas d'accord avec moi ?

– J'étais en train de me demander si vous êtes prude ou puritain...

– Ni l'un ni l'autre. Pratique, tout simplement. J'envisage mon devoir envers ma patrie comme une route qui s'ouvre droit devant moi et je n'ai aucune envie de m'attarder pour cueillir des fleurs sur les bas-côtés. Si j'en choisis une à l'occasion, je sais qu'elle aura perdu son attrait avant de devenir un obstacle à ma progression.

Il sourit et ajouta :

– Les femmes sont les fleurs de la vie : une fois cueillies, elles fanent irrémédiablement.

– C'est extraordinaire ! Très honnêtement, Vernon, j'avoue que vous me choquez. Je ne m'attendais pas à trouver en vous, mon plus brillant élève, mon favori, un homme aussi cynique, presque blasé !

– Oh ! Je vous assure que je ne suis pas blasé ! Cynique peut-être. Pratique, sans aucun doute. Et pas romantique pour un sou !

– Les Athéniennes sont très belles...

– Je les regarderai avec plaisir.

– Et Paris, vous le découvrirez bientôt, fourmille de femmes extrêmement séduisantes.

– Là, je suis d'accord, mais à Paris, on ne cherche pas à feindre. Les séduisantes femmes dont vous parlez ont toutes leur prix. Reste à savoir laquelle vous pouvez vous offrir. Mais l'enjeu en est toujours un moment de plaisir sans conséquences, ni reproches, ni récriminations – et surtout, sans larmes !

Lord Stratford réprima un sourire. Tout devenait limpide à ses yeux : l'extrême beauté de lord Castleford lui avait valu d'être harcelé par le beau sexe. Il avait manifestement subi les persécutions de femmes avec lesquelles il n'avait souhaité qu'une brève liaison mais qui, elles, avaient voulu bien davantage.

Lord Stratford, lui aussi, avait connu ce genre de mésaventure dans sa jeunesse. Aujourd'hui encore, les femmes le regardaient parfois avec dans les yeux cette expression qu'on ne pouvait confondre avec aucune autre, et il lui arrivait même de se retrouver dans des situations particulièrement embarrassantes, surtout quand sa femme n'était pas à ses côtés.

Il songea que, tout de même, lord Castleford était trop sûr de lui : cela ne lui ferait pas de mal de tomber amoureux, de souffrir les tourments, les désespoirs, la torture et l'indécision par lesquels la plupart des hommes passent à un moment ou à un autre de leur existence. Toutefois, en diplomate averti, il se mit à parler de la Grèce, ce qui les absorba bientôt complètement.

Le lendemain, lorsque lord Castleford rentra

de sa chevauchée quotidienne, l'ambassadeur l'attendait déjà.

– J'ai appris que l'*Himalaya* quitte le port après-demain. Il transportera un grand nombre de blessés trop gravement atteints pour retourner au front mais capables de supporter le voyage jusque chez eux.

– Le bateau me débarquera à Athènes ?

– Précisément. Vous avez beaucoup de chance de voyager sur l'*Himalaya*.

– J'ai entendu parler de ce navire.

– Jusqu'au début de cette année, le transport de l'artillerie et de la cavalerie s'effectuait sur des bateaux à voile. La traversée représentait pour les troupes une terrible épreuve. Les chevaux en sortaient dans un état catastrophique et il a fallu que les autorités militaires mettent en garde le gouvernement contre de telles méthodes.

– On aurait pu espérer qu'il comprendrait tout seul et qu'il réagirait un peu plus vite !

– Est-ce que les gouvernements agissent jamais rapidement ? demanda amèrement lord Stratford. Ils préfèrent généralement compter sur des gens comme moi pour faire des miracles. Je pense encore au duc de Newcastle qui me demanda un jour trois mille paires de bottes en caoutchouc, convaincu sans doute que je les trouverais au bazar pendant la nuit !

Lord Castleford éclata de rire.

– Le croyait-il vraiment ?

– Bien sûr ! Il fut même très surpris que la tâche me paraisse difficile !

– La stupidité de l'armée est parfois effrayante !

– C'est un fait, mais c'est le genre d'affirmation qu'il vaut mieux ne pas répéter en public.

– Bien entendu. Mais vous me parliez du bateau ?

– C'est juste. Au début de cette année, le gouvernement a acheté à la Compagnie P.S.O. deux paquebots à vapeur : l'*Himalaya*, avec ses trois mille quatre cent trente-huit tonneaux, est le plus grand, le plus rapide des navires actuellement en service.

– C'est un paquebot à hélice, je crois ?

– Oui. Il effectue en onze jours et neuf heures la traversée de l'Angleterre à Constantinople, alors qu'il a fallu environ huit semaines aux voiliers qui transportaient le 13e dragons léger pour le même voyage... Le bateau étant bondé, je doute qu'on vous propose une suite, mais j'ai rédigé une note pour le capitaine et je suis sûr qu'il fera son possible pour mettre ce qu'il a de mieux à votre disposition.

– Je vous remercie. Je serais très heureux de ne pas arriver à Athènes épuisé, voire couvert de bleus, après une éprouvante traversée en voilier.

– Je comptais vous faire rencontrer le sultan mais me voilà pris de court, dirait-on. Il est pourtant primordial que vous fassiez sa connaissance avant de partir. Votre tâche essentielle sera, comme vous le savez, de maintenir la paix entre la Grèce et la Turquie. Or, le fait que les Grecs aient été chassés de Smyrne et de Constantinople l'an dernier par les troupes du sultan ne va malheureusement pas faciliter les relations entre les deux pays !

– C'est la faute des Grecs. Ce sont eux qui ont commencé les hostilités !

– Les Grecs ne reconnaissent jamais leurs torts et, bien que bavarois, leur roi s'est empressé d'emprunter ce défaut à son peuple d'adoption.

– Vous allez finir par me rendre nerveux ! fit lord Castleford sur le ton de la plaisanterie.

– Oh ! je suis certain que vous vous acquitterez de cette mission comme vous l'avez fait des autres : avec cette intelligence, cette fermeté et ce tact qui vous ont déjà attiré les bonnes grâces du ministre des Affaires étrangères.

– J'espère que vous avez raison !

Mais le ton de lord Castleford ne laissait aucune place au doute.

Avec un petit soupir, comme sous l'effet d'une déception qu'il n'aurait pu formuler clairement, lord Stratford prit son crayon.

– Je vais écrire au sultan pour lui demander une audience. Le fait de le connaître, j'en suis convaincu, devrait beaucoup faciliter vos relations avec le roi Othon.

Yamina ne dormait plus. Elle restait éveillée de longues heures, tourmentée par les intentions du Grand eunuque. Car si Mihri avait jugé utile de lui en parler, le danger devait être bien réel; elle ne l'aurait pas effrayée à la légère. Et depuis qu'elle était au courant, Yamina remarquait que le *kizlar aga* ne la quittait pas des yeux quand il entrait dans le harem. Elle essayait de se faire toute petite, de passer inaperçue, sachant toutefois que c'était peine perdue : quoi qu'elle fît, elle était vue, observée. Pendant ce temps, Mihri tentait désespérément de découvrir ce qui se tramait contre elles.

Bientôt, Yamina reçut de la *haremlik*, l'hôtesse du harem, l'ordre d'assister à sa première leçon d'amour. Était-ce significatif ou simple routine ? Elle n'était pas une odalisque ordinaire, amenée ici pour le plaisir du sultan, mais la sœur de Mihri. Néanmoins, chaque nouvelle venue devait prendre part à l'enseignement prodigué par les plus anciennes et supervisé par la sultane *valideh* en personne. Il eût été impensable qu'elle échappe à la règle et soit traitée différemment.

Lorsqu'elle rapporta les ordres à Mihri, celle-ci, horrifiée, étendit les mains, comme pour conjurer ce qu'elle venait d'entendre.

– Non, non ! Il ne faut pas !

– Pourquoi donc ?

– Parce que vous seriez choquée !

– Choquée ?

– Les Orientaux ont une idée de l'amour très différente de celle qu'en ont les Russes ou les Circassiens.

Devant l'air abasourdi de Yamina, elle poursuivit :

– Au début, quand j'ai assisté à ces leçons, je refusais simplement d'en croire mes oreilles ! Et puis, j'ai réfléchi : si je voulais un jour avoir le moindre pouvoir dans le harem, si je voulais m'élever au rang de *kadine*, il me fallait apprendre tout ce que les autres savaient afin de le faire mieux qu'elles. Pour moi, il n'y avait pas d'autre solution. Ma vie est ici, maintenant, je suis heureuse, très heureuse d'avoir écouté ce qu'on m'enseignait alors. Je comprends aujourd'hui combien tout cela est important dans l'esprit des Turcs... Mais pour vous, maîtresse, s'écria-t-elle d'un ton passionné, c'est différent !

Yamina tressaillit et posa son index sur ses lèvres.

– Attention, murmura-t-elle, je suis ta sœur, ne l'oublie pas !

– Je vous respecte et vous honore, ainsi que

votre famille, depuis que j'ai travaillé pour vous, à Balaclava, reprit Mihri à voix si basse que Yamina l'entendit à peine. Un jour, vous épouserez un homme de votre sang et je ne peux pas même supporter l'idée que vous connaissiez les jeux et les artifices de la séduction que les Orientaux attendent de leurs femmes !

– Cela a-t-il tant d'importance ?

– Un Circassien trouverait cela mauvais, peut-être même dégoûtant. Un Russe aussi !

– Il va pourtant bien falloir que j'obéisse aux ordres !

– Si on ne peut plus faire autrement... mais pour l'instant nous allons essayer de gagner du temps. Quand l'heure de votre leçon arrivera, faites semblant d'être malade. S'il le faut, je vous donnerai un peu d'opium pour vous faire dormir.

– Non, non, je suis capable de feindre... Seulement on finira bien par s'en apercevoir...

– Inutile d'y penser maintenant. Cette nuit, je serai avec le sultan : il attend un hôte prochainement. Je vais tenter de savoir de qui il s'agit... J'ai peut-être une idée pour vous faire évader...

– Oh ! Mihri ! Explique-moi !

Mihri secoua la tête.

– Parler d'un projet avant d'avoir la certitude qu'il se réalisera porte malheur.

Yamina sourit. Les femmes du sultan étaient extrêmement superstitieuses. Parfois, une cartomancienne entrait clandestinement dans le harem, avec la complicité des eunuques noirs qui exigeaient, pour paiement de ce service, des bijoux et autres objets de valeur. Et l'attrait même des diamants pâlissait devant l'excitation apportée par ces diseuses de bonne aventure. Si une odalisque apprenait qu'elle serait un jour l'une des quatre *kadines*, cela suffisait à la rendre heureuse pendant des semaines. Seul le temps pouvait atténuer son bonheur. Elles se racontaient inlassablement les prophéties qui s'étaient réalisées, mais l'histoire qu'elles préféraient était celle de la belle Aimée Dubuc de Riverie...

Alors qu'elle se trouvait encore en Martinique, une diseuse de bonne aventure avait dit un jour à la jeune femme que le bateau qui devait l'emmener en France serait pris d'assaut par des corsaires. Capturée et enfermée dans un sérail, elle donnerait naissance à un fils, qui régnerait dans la gloire, mais les marches de son trône seraient rougies du sang de son prédécesseur.

Et tout cela était bel et bien arrivé. Aimée était si belle que les corsaires la réservèrent pour Baba Mohammed Ben Osman d'Alger. Dès qu'il la vit, celui-ci pensa qu'elle était digne du sultan lui-même. Les odalisques se plaisaient à raconter comment, arrivée à Constantinople, Aimée s'était évanouie à la vue du Grand eunuque. Les premiers temps, elle s'était révoltée contre le sort qui l'attendait. Mais, après avoir parlé avec le *kizlar aga*, qui à l'époque était doux et humain, elle avait considéré avec un bel esprit pratique le destin fabuleux qui lui tendait les bras. Désormais docile, elle était passée par l'académie de l'amour où elle était devenue experte dans l'art de combler les appétits blasés de son seigneur et maître. Quand Aimée avait été amenée au sultan, elle avait découvert, au lieu du terrible Turc tant redouté, un homme voluptueux, très raffiné et cultivé. Quant à lui, il avait été charmé par l'intelligence très occidentale de cette beauté blonde.

Aimée, d'abord connue comme la *naksh*, la belle, avait été bientôt solidement établie en tant que favorite. Lorsque son fils Mahmoud était né, elle était devenue le personnage clé dans la succession au trône. À la mort du sultan, son neveu Sélim III, enthousiasmé par tout ce qui était français, s'était appuyé sur ses conseils et le pouvoir d'Aimée avait été immense. Mais l'intrigue et la violence attendaient leur heure : le sultan était mort, victime de ceux qui voulaient sa perte et celle de Mahmoud. Aimée avait pourtant conduit son fils sur les marches du trône. Pendant des années, elle s'était battue pour lui et, le guidant, avait été l'une des femmes les plus puissantes que l'Empire ottoman ait jamais connue. On affirmait que si Napoléon Bonaparte avait échoué dans ses tentatives d'entente avec le sultan, c'était parce que Aimée le haïssait. Elle était la cousine de la femme qu'il avait répudiée, l'impératrice Joséphine...

Pendant trente ans, la petite Française de Martinique avait connu le triomphe et la gloire. À sa mort, en 1817, un prêtre avait été appelé au couvent Saint-Antoine où il avait administré les derniers sacrements à cette femme inconnue de lui. Lorsqu'elle avait rendu l'âme, il lui avait donné l'absolution. Le seul témoin de la scène, un homme barbu, s'était jeté au pied du lit en sanglotant. C'était le Successeur du Prophète, le Maître des maîtres, le sultan Giaour, pleurant la perte de sa mère adorée.

De telles histoires aidaient à passer le temps au harem, tout comme les cartes ou les boules de cristal apportaient un petit rayon d'espoir. Peut-être le sultan aurait-il la bonne idée de détourner ses regards de Mihri pour les poser sur d'autres femmes ?

Mais Yamina observait le Grand eunuque, écoutant les murmures des esclaves et se demandant si on complotait contre elle, contre Mihri, contre le sultan lui-même… La peur ne la quittait plus, parfois si ténue qu'elle pensait avoir tout imaginé, parfois si réelle, si violente qu'elle ne pouvait s'empêcher de trembler. La nuit, elle essayait de prier, mais le Dieu qui avait toujours veillé sur elle semblait ici éclipsé par Allah, que toute bonne musulmane priait deux fois par jour. La vie continuait, lente et routinière.

Yamina parvint à éviter les leçons d'amour. La première fois, elle feignit d'être malade. Le lendemain, Mihri prétendit qu'elle avait besoin de ses services – un prétexte qu'elle ne pouvait invoquer une seconde fois. Le troisième jour, au moment où Yamina se demandait ce qu'elle allait pouvoir inventer, elle fut appelée chez l'*ikbal*.

Mihri, très exaltée, était plus resplendissante que jamais. Ses vêtements étaient plus somptueux que d'ordinaire et elle portait autour du cou et des poignets de nouveaux diamants.

– Qu'y a-t-il ? demanda Yamina dès qu'elles furent seules.

Mihri posa un doigt sur ses lèvres et, la prenant par la main, elle l'attira devant la fenêtre. Là, personne ne pouvait se cacher pour les écouter ! Enlaçant Yamina, elle lui murmura à l'oreille :

– J'ai un plan d'évasion. Il faut faire vite.

– De quoi s'agit-il ? souffla Yamina, le cœur battant.

– Tout d'abord, vous devez vous changer.

– Pourquoi ?

– Laissez-moi faire.

Mihri s'éloigna un peu et frappa dans ses mains. Lorsque les esclaves parurent, elle s'écria d'un ton furieux :

– Est-ce ainsi que vous exécutez mes ordres ? Voilà donc les vêtements que vous donnez à ma sœur ? Elle a porté cette robe au moins deux fois ! Vous m'insultez, moi, l'*ikbal*, la favorite du Padischah !

Les esclaves étaient plongées dans la consternation.

– Non, non, maîtresse ! L'odalisque a choisi elle-même ses vêtements ! Ce n'est pas notre faute !

– Bien sûr que si ! J'ai honte, profondément honte, que ma propre sœur soit humiliée par votre inefficacité, votre incompétence ! Qu'elle se change immédiatement ! Apportez la malle de vêtements que j'ai fait venir pour moi. Puisque c'est ainsi, je les lui donne !

Terrifiées par la colère de leur maîtresse, elles s'exécutèrent en courant et revinrent rapidement, portant une malle fermée par une serrure dorée et ornée de ces riches peintures qui flattent l'œil oriental. Les doigts tremblants, elles défirent l'*entari* qui avait pourtant suscité l'admiration de Yamina : il semblait tellement fade auprès des merveilles qu'on sortait maintenant du coffre ! Une demi-douzaine de mains la revêtirent d'une chemise si fine qu'elle aurait pu passer dans un anneau; elle était échancrée jusqu'à la taille, révélant ses seins. Le large *salvar* fut attaché à ses chevilles par des cercles sertis de bijoux et l'*entari* de soie pourpre, brodé de pierres précieuses, fermé par des boutons de perles. Les manches tombaient presque jusqu'à terre. La ceinture était ornée des mêmes perles et améthystes qui décoraient le fermoir du plastron. Une pluie de diamants scintillait sur des chaînettes en or accrochées à ses cheveux noirs. On glissa des anneaux à ses doigts, des bracelets à ses poignets...

– Voilà qui est mieux ! fit Mihri, qui avait observé la scène d'un œil sévère. Vous pouvez partir, mais ne laissez jamais ma sœur apparaître à nouveau mal vêtue, sinon je vous ferai fouetter !

Les esclaves s'enfuirent en tremblant. Mihri attendit un instant, comme pour s'assurer que personne ne les épiait, puis elle chuchota :

– Entrez dans la malle !

– Que dis-tu ? demanda Yamina, interloquée.

– C'est le seul moyen de vous évader... Entrez dans la malle ! Le sultan reçoit des invités, ce matin. Il ne veut pas les garder très longtemps car il a envie de me voir et il va mettre son caïque à la disposition de l'un d'entre eux – je ne sais plus son nom... – pour l'emmener jusqu'à un bateau ancré dans le Bosphore.

– Et je vais... voyager avec lui... dans cette malle ?

– C'est la seule solution. Le navire est anglais.

Yamina respira à peine, épouvantée. Le mot « anglais » avait beau être menaçant, tout lui semblait préférable, à cet instant, à la perspective de rejoindre le harem du *kizlar aga*. Elle n'avait pas perdu son temps depuis que Mihri l'avait avertie du sort qui l'attendait. Les odalisques ne s'étaient d'ailleurs pas fait prier pour lui raconter ce qui se passait chez le Grand eunuque : les cris retentissant dans l'ombre de la nuit, les femmes qui disparaissaient lorsque le *kizlar aga* avait été en colère contre elles, les coups, les tortures et des cruautés si horribles qu'elle n'avait pu en écouter les détails. Sa peur n'avait plus de bornes. Plutôt que d'accepter un tel sort, elle était résolue à se tuer. Ce qui ne serait pas difficile : il y avait pour cela d'innombrables moyens au harem. Pourtant, sa jeune énergie se rebellait à l'idée de mourir. Il lui restait tant à faire, à apprendre, à découvrir... Autrefois, l'avenir avait contenu la promesse de longues années de vie. Aujourd'hui, elle considérait chaque minute comme la dernière de son existence. La lumière du soleil à travers les carreaux lui donnait la nostalgie d'une liberté qu'elle n'osait plus espérer. Elle se souvenait des grandes chevauchées dans le domaine de Balaclava, sur les magnifiques chevaux que son père lui choisissait alors. Elle repensait même à sa course avec lord Castleford et à son bras solide et protecteur. Bien qu'il lui fût totalement inconnu, elle s'était sentie en sécurité avec lui. Non seulement il l'avait éloignée de l'horreur et des dangers du bazar, mais son arrogante assurance avait eu sur elle un effet apaisant. Elle se demanda ce qu'il aurait fait si elle l'avait appelé alors qu'elle s'éloignait de la maison en flammes. Elle imaginait sa stupeur en la voyant sortir de la chaise à porteurs... Elle l'aurait regardé, lui... si imposant, si distingué :

– Sauvez-moi ! Sauvez-moi ! aurait-elle supplié.

Mais elle n'avait rien dit, pas même paru. En se laissant convaincre d'entrer au harem, elle était loin, il est vrai, d'imaginer le sort qui l'y attendrait. Elle savait maintenant que le Grand eunuque avait ses favorites parmi les esclaves, des femmes qu'il caressait, des femmes qui, bizarrement, l'attiraient... Elle frissonna, en proie à un indicible dégoût. Tout, plutôt que de rester là, avec cette horrible menace pesant sur sa tête.

– Tu es sûre que tu n'en subiras pas les conséquences, que tu ne seras pas punie pour ma disparition, Mihri ?

– J'y ai déjà réfléchi : on retrouvera vos chaussures cette nuit, près de l'eau. Sahin prétendra qu'il a aperçu une silhouette dans le jardin, qu'il s'est approché du rivage et qu'il était déjà trop tard.

– Sahin va t'aider ?

Ainsi, les deux fidèles Circassiens n'avaient pas oublié les jours heureux qu'ils avaient connus à Balaclava. Et maintenant, ils étaient prêts à risquer leur vie pour sauver la sienne !

Bouleversée, elle embrassa Mihri.

– Comment trouver les mots pour te remercier ? Je peux simplement te dire que si j'en réchappe, mes pensées iront toujours vers toi, et que mon amour t'est acquis jusqu'à ma mort.

Les beaux yeux bleus de Mihri s'emplirent de larmes puis elle s'inclina et lui baisa les mains.

– Dieu soit avec vous et vous protège, maîtresse !

Mais le temps passait. Elle poussa presque Yamina dans la malle. Celle-ci se coucha sur un caftan bordé de douce zibeline tandis que Mihri la faisait disparaître sous les soies lisses, les satins et les voiles. L'*ikbal* referma le couvercle et frappa des mains.

Les esclaves accoururent aussitôt. Debout près de la porte de la salle de bains, Mihri parlait comme si Yamina s'y était trouvée.

– Il te faudrait aussi des bijoux !

Puis à l'adresse des esclaves :

– Apportez cette malle à Sahin. Il a mes instructions pour ramener de nouveaux vêtements.

Ceux-ci ne sont même pas dignes de ma sœur. Si ce n'est pas fait immédiatement, je me plaindrai au sultan, et vous serez punies !

Les esclaves fermèrent en hâte le verrou du couvercle de la malle et Yamina, entendant des pas lents approcher, devina qu'elles avaient fait venir les sourds-muets : s'étonneraient-ils du poids du coffre ? Il est vrai qu'ils ne pouvaient ni parler ni entendre... Ils ne semblèrent rien soupçonner. Yamina fut transportée vers la porte. La voix de Mihri tempêtait toujours, afin de détourner l'attention des esclaves.

Il faisait sombre à l'intérieur de la malle mais des petits trous percés sur les côtés laissaient passer l'air et un peu de lumière. Sans bouger, elle pouvait coller son œil à l'un d'eux. Elle vit ainsi qu'ils suivaient les étroits corridors et l'escalier qu'elle avait empruntés en arrivant au palais. Au rez-de-chaussée, quelqu'un les rejoignit. Son cœur bondit lorsqu'elle reconnut Sahin. Il guida les porteurs le long d'un interminable couloir. Bientôt, ils se retrouvèrent au grand air. Le jardin ! Le soleil filtrait à travers les trous et soudain, voyant une tache brillante, presque aveuglante, elle comprit qu'ils approchaient du Bosphore. Au milieu des bruits de voix, le coffre fut hissé et reposé si brutalement qu'elle hoqueta sous le choc. À présent, elle avait la très nette impression d'être sur un bateau, ballottée par les vagues. Le caïque... Elle entendait le murmure des rameurs qui attendaient, leurs avirons dorés en main.

Un peu ankylosée, elle bougea légèrement. Les vêtements empilés sur sa tête lui semblaient lourds à présent. Elle n'osa pourtant pas les écarter, de peur qu'on n'ouvre la malle. C'était très improbable mais il aurait été fou de prendre le moindre risque : elle serait sévèrement punie si on la découvrait ici. Et Mihri perdrait la faveur du sultan. Quant à Sahin, il périrait sûrement pour avoir aidé une femme à s'échapper...

– Mon Dieu ! Faites qu'on ne me découvre pas ! pria-t-elle tout bas.

Était-ce son imagination ? Maintenant qu'elle n'était plus écrasée dans un lieu où chacun s'adressait sans cesse à Allah, elle pouvait à nouveau prier avec ferveur.

– Aidez-moi, aidez-moi, je vous en supplie... murmurait-elle.

À nouveau, des voix... Elle ne distinguait pas ce qui se disait mais, à l'intonation, elle comprit que les hommes qui s'approchaient étaient anglais.

– Je vous souhaite bon voyage, mon cher ami. Écrivez-moi en détail ce que vous aurez trouvé à l'arrivée : je suis impatient de l'apprendre !

– Vous savez combien vos conseils me seront utiles !

Yamina resta bouche bée. Cette voix froide, plutôt distante mais profonde... Dès que l'homme parla encore, elle n'eut plus aucun doute : c'était lord Castleford !

– Merci, non seulement pour ceci mais pour tout ce que vous avez fait pour moi...

– Faites bien attention à vous, Vernon !

Pas de réponse. Il devait être monté à bord à présent. Yamina entendit d'ailleurs ses pas résonner sur le pont de bois. Puis elle reconnut la voix de Sahin.

– Un présent vous attend à bord, Votre Excellence.

– Un présent ?

– De la part de l'*ikbal* la plus honorée, Votre Excellence. Elle vous souhaite un bon voyage et demande que vous gardiez le cadeau dans votre cabine. Il est d'une grande valeur et son contenu est périssable...

– Voulez-vous lui transmettre ma gratitude et dire à l'honorable lady que ses souhaits seront exaucés.

– Votre Excellence est très aimable. Voici la clé.

Yamina imaginait Sahin encore incliné tandis que le bateau s'éloignait et que les rameurs, vêtus de blanc et coiffés de leur chéchia écarlate, plongeaient leurs avirons dans les eaux du Bosphore. Puis elle n'entendit plus que le clapotis des vagues contre la coque et les ordres du commandant du caïque. La vitesse s'accélérait. Lord Castleford s'installerait sûrement sur le divan de velours abrité sous le dais vermeil. D'habitude, le sultan ne prêtait son caïque qu'aux souverains, mais il avait voulu honorer le Grand Elchi en traitant royalement son hôte.

Le vent de la mer pénétrait par les trous de la malle et elle respira profondément. Elle avait retenu son souffle pendant tout le temps qu'elle attendait au bord de l'eau : si l'on avait alors soupçonné que la malle dissimulait des produits de contrebande et donné l'alerte, elle aurait été perdue...

Yamina devinait aisément à quoi ressemblait le paquebot dont ils approchaient. Elle en avait tant vu sur le Bosphore, transportant les soldats qui allaient combattre contre ses compatriotes ! Ils combinaient aujourd'hui la voile et la vapeur. Ces trois-mâts, avec leur courte cheminée au milieu du navire, n'étaient certes pas aussi beaux que les vieux voiliers de naguère à la haute mâture et au gréement complexe. Mais l'époque de la navigation à voile était bien révolue, en ce XIXe siècle dont les nouvelles inventions rendaient la terre plus petite qu'auparavant.

Le caïque filait rapidement grâce aux douze rameurs. Un ordre bref retentit : ils approchaient du navire ! D'autres ordres, le ronflement des grosses machines toutes proches... Les rameurs levèrent les avirons, les rentrèrent. Des cordages furent jetés vers le navire. Lord Castleford monterait à bord sur une échelle de corde...

Elle entendit sa voix, calme et autoritaire.

– Merci de m'avoir amené jusqu'ici !

Il s'était exprimé en turc et le commandant du caïque répondit dans la même langue :

– Ce fut un honneur, Votre Excellence. Permettez-moi de vous souhaiter bon voyage.

– Merci.

Elle imaginait qu'il posait le pied sur le dernier échelon quand, soudain, il lui sembla que son cœur avait cessé de battre. Il l'oubliait ! Il la laissait là !

Puis, alors qu'elle priait frénétiquement pour qu'il se souvienne du présent de l'*ikbal*, il déclara :

– Faites attention au coffre. Il contient peut-être des objets fragiles.

On souleva la malle qui avait dû être solidement arrimée. Elle était hissée maintenant, heurtant parfois la coque du bateau qui dansait sur l'eau.

Un bruit sourd. Elle était sur le pont du navire.

– Bienvenue à bord, monsieur. Votre valet s'est chargé de vos autres bagages. Doit-on mettre cette malle dans la cale ?

Il y eut un silence. Lord Castleford hésitait-il ?

– Non, portez-la dans ma cabine.

– Très bien, monsieur. Si vous voulez me suivre, le capitaine vous attend.

Yamina se détendit et respira profondément. On pouvait l'entendre à présent ! Elle n'avait plus à redouter le Grand eunuque ! Elle s'était enfin évadée !

5

– J'espère que cela vous conviendra, monsieur.

Lord Castleford parcourut sa cabine du regard. Le capitaine s'était excusé de ne pouvoir lui donner mieux, mais le navire était bondé et chacune abritait trois ou quatre hommes. Il avait donc fait aménager pour lord Castleford ce qui avait été, à l'époque où l'*Himalaya* transportait encore des civils, le salon de l'une des suites les plus luxueuses, vaste à lui seul comme trois cabines classiques. Dans un angle, un grand lit à baldaquin qui évoquait, avec sa moustiquaire, indispensable lors des voyages vers l'Orient mais roulée pour l'instant en haut des quatre montants de cuivre, un galion prêt à prendre la mer. De chaque côté de la table, fixée au mur en cas de forte houle, deux fauteuils accueillants. Un épais tapis recouvrait le sol. Contre la paroi, sous les larges hublots drapés de rideaux, un bureau et, luxe suprême, il y avait une salle de bains attenante.

– Je crois que ça ira, Jenkins, dit-il.

Lorsque son maître était mal installé, Jenkins se sentait personnellement insulté. Depuis maintenant huit ans, il prêtait à lord Castleford sa précieuse assistance. Celui-ci répétait d'ailleurs à qui voulait l'entendre qu'il devait en grande partie son succès aux soins intensifs de son domestique.

– Vous pourrez prendre vos repas dans la cabine. Je me suis arrangé avec le cuisinier qui a été ravi d'apprendre que j'allais l'aider à préparer vos repas. Naturellement, j'ai apporté de l'ambassade une bonne quantité de provisions. Le chef de Son Excellence s'est montré très obligeant.

– Vous avez pensé à tout, Jenkins, répondit lord Castleford d'un ton légèrement ennuyé.

S'il appréciait l'efficacité de son domestique, il supportait mal les longs comptes rendus de ses efforts, même si ceux-ci étaient toujours couronnés de succès.

– Désirez-vous autre chose ?

– Non, merci. J'ai pris un déjeuner léger avec Son Excellence avant de quitter l'ambassade. Apportez-moi seulement du thé, à quatre heures. D'ici là, je vais travailler. Vous avez pu trouver un bureau, à ce que je vois.

– Oui, monsieur. Je l'ai fait remonter des cales où sont stockés la plupart des meubles, puisque le navire transporte des troupes.

– Merci, Jenkins.

– Que dois-je faire de la malle, monsieur ?

Lord Castleford, suivant son regard, aperçut le coffre. On l'avait posé contre l'une des parois et c'était pourquoi il ne l'avait pas vu en entrant.

– Vos autres bagages sont sur ce pont, en lieu sûr. Dois-je l'y mettre également ?

– Je préfère y jeter un coup d'œil auparavant, répondit lord Castleford après un instant de réflexion. Selon l'eunuque qui me l'a remis, son contenu est périssable.

Fouillant dans sa poche, il en sortit la clé en or que lui avait donnée Sahin.

– Ouvrez-le, Jenkins, je verrai ça plus tard.

Le navire filait maintenant vers la mer de Marmara, s'éloignant des dômes et flèches des minarets, des mosquées aux murs blancs, des kiosques et des palais. Lord Castleford, qui avait contemplé ce spectacle d'innombrables fois, ouvrit le journal qui l'attendait, sur la table. Bien que vieux de plusieurs jours, celui-ci contenait des nouvelles d'Europe n'ayant pas encore atteint l'ambassade et il se plongea aussitôt dans un article intéressant. Jenkins était sorti, et l'on n'entendait plus que le ronflement des moteurs et les cris des mouettes survolant le bateau.

Brusquement, lord Castleford releva la tête et, sans savoir pourquoi, tourna les yeux vers le coffre. Jenkins en avait soulevé le couvercle et, de sa place, il pouvait voir une éclaboussure de soie écarlate. Soudain, il vit, éberlué, la soie bouger ! Lui avait-on offert un animal ? un oiseau… ? Lorsque l'étoffe glissa, révélant le visage d'une femme, il se figea, certain d'être victime d'une hallucination.

Lentement, Yamina se mit debout. Sa douce chemise de voile caressait la blancheur de sa peau, rehaussée par le rouge de l'*entari*. Les pierres de sa ceinture et du fermoir de son plastron étincelaient à la lumière qui pénétrait par les hublots. Elle repoussa le voile qui couvrait son visage et sa chevelure brune, piquée de diamants, scintilla à son tour.

Lord Castleford, jusque-là paralysé, se dressa d'un bond :

– Ça, par exemple ! Où vous croyez-vous donc ?

Sa voix était furibonde. Dans sa stupeur, il avait même parlé en anglais.

– Je suis désolée. C'était la seule manière de m'échapper, répondit Yamina dans la même langue.

Il s'approcha d'elle. Elle n'avait pas bougé et les soies et satins brillants dont Mihri l'avait recouverte entouraient ses jambes de vagues de couleur.

– Je vous ai déjà vue ! Je vous reconnais, vous êtes Yamina, celle que j'ai sauvée dans le bazar !

– Je suis flattée que vous vous souveniez de moi...

– Mais... vous venez du palais du sultan ?

Puis, comme s'il remarquait seulement sa tenue, il la toisa avec dureté, fixant la chemise de voile ouverte jusqu'à la taille. Il semblait aussi furieux qu'interloqué. Un pli barrait son front.

– J'ai dû m'y cacher quelque temps, murmura-t-elle.

– En ce cas, plus tôt vous y retournerez, mieux ce sera ! Vous comprenez bien que vous ne pouvez pas rester avec moi, sur ce bateau, une seconde de plus !

– Je me rends compte que ce sera très difficile, mais je n'avais vraiment pas le choix.

– Que faisiez-vous dans le palais, habillée ainsi ?

– Je viens de vous le dire, je m'y cachais.

– De quoi ? et de qui ? Vous ne sembliez pas vous cacher, la première fois que je vous ai rencontrée ?

Il y eut un instant de silence. Puis, pointant fièrement son petit menton en avant, elle le regarda dans les yeux.

– Je suis russe.

– Grands dieux !

Il alla se planter devant le bureau placé sous le hublot, comme si ne pas la voir pouvait lui apporter un quelconque réconfort.

– Russe ! glapit-il. Et maintenant, vous me dites que vous vous êtes échappée du palais du sultan ! En quoi cela me concerne-t-il, je vous prie ?

Elle ne répondait toujours pas et il poursuivit :

– Si je le lui demande, le capitaine fera demi-tour afin de vous ramener sur le sol turc.

– Je subirai alors le même sort que ce Russe que nous avons vu au bazar...

Après un court silence, lord Castleford lui fit face à nouveau.

– Qu'y puis-je ? Comment voulez-vous que j'explique votre présence sur un vaisseau anglais, bourré de soldats blessés par vos compatriotes ? Vous rendez-vous compte de la situation où vous me plongez ? Abriter une ennemie ! Évadée, par surcroît, du harem du sultan, ce qui risque d'avoir de graves conséquences !

– Il vaudrait beaucoup mieux que personne ne sache que je me trouve ici.

– Et comment voulez-vous donc que je m'y prenne pour que cela ne se sache pas ?

– J'ai entendu votre valet dire que vous prendriez vos repas dans la cabine. Si vous lui faites confiance, peut-être serait-il plus sage de le mettre dans la confidence, mais personne d'autre à bord n'a besoin d'apprendre mon existence. Quand nous atteindrons Athènes, je pourrai débarquer dans la malle avec le reste de vos bagages et disparaître discrètement.

Il ne répondit pas.

– Je crains de devoir vous demander un peu d'argent liquide, en attendant d'avoir vendu mes bijoux. Naturellement, je vous promets de vous rembourser jusqu'au dernier sou, ajouta-t-elle d'une voix légèrement ironique.

Alors, il explosa :

– Vous avez pensé à tout, n'est-ce pas ? Eh bien, laissez-moi vous dire que je n'ai pas l'intention de me prêter à un jeu aussi absurde ! Vous croyez peut-être que je peux me permettre d'arriver à Athènes avec, dans mes bagages, une houri exotique, en fait une... une ennemie de l'Angleterre ?

– Ce serait effectivement difficile à expliquer mais je suggère justement que vous n'en disiez rien à personne.

– Parce que vous avez l'intention de rester ici ? Dans ma cabine ?

– Pourquoi pas ? Si vous avez peur, enfermez-moi dans le coffre !

Son ton caustique acheva de le mettre hors de lui.

– Tout cela est grotesque, ridicule ! Qui croirait à mon innocence si l'on venait seulement à murmurer, dans les milieux diplomatiques, qu'une odalisque cachée dans une malle m'accompagnait dans cette traversée ?

– C'est pourquoi nous devons être très prudents.

– Nous ? Nous ? Mais qu'est-ce que j'ai fait pour être mêlé à cette histoire déplorable ? Et que va penser le sultan quand il découvrira votre disparition ? Il va sans dire qu'on vous regrettera, et il ne faudra pas longtemps pour deviner comment vous vous êtes échappée !

– C'est grâce à l'eunuque qui vous a remis la

clé du coffre et à la favorite du sultan que j'y suis parvenue. Sahin et Mihri étaient autrefois à notre service, à Balaclava. Ils savaient bien qu'à peine découverte, je serais mise en pièces...

– Il y avait d'autres moyens de vous protéger !

– Nous n'en avons pas trouvé.

– Vous prétendiez soigner votre père !

– Il est mort. Et comme on parlait de fouiller toute la ville systématiquement, mon serviteur, qui nous cachait depuis le début de la guerre, m'a conduite jusqu'à Mihri.

– Comme c'est plausible ! Vous voulez peut-être me faire avaler que c'est la seule raison pour laquelle vous vous êtes cachée dans ma cabine ?

Yamina repoussa les étoffes et sortit de la malle.

– Vous croyez vraiment qu'il y en a une autre ? Je vous jure que je n'ai pas soupçonné un seul instant que c'était vous, l'hôte du sultan.

– Étrange coïncidence ! fit-il avec un sourire méprisant.

– Si vous croyez que j'ai envie de voyager à bord d'un vaisseau anglais en compagnie d'un ennemi de mon pays, c'est que vous êtes stupide !

Elle était aussi furieuse que lui à présent, et ils se toisèrent mutuellement, les yeux brillant de rage. Les lèvres de lord Castleford n'étaient plus qu'un trait dur.

– Je devrais vous chasser ! déclara-t-il finalement.

– Vous ne le ferez pas à cause du scandale que cela provoquerait, répliqua-t-elle. D'autant plus qu'il me faudra, pour ma défense, prétendre que vous m'avez suppliée de m'enfuir avec vous.

– Ah ça ! Il fallait s'y attendre ! Qui pourrait

faire confiance à une femme ? Et russe, de surcroît !

Yamina alla s'asseoir dans l'un des fauteuils.

– Ce genre de remarque ne vous mènera pas très loin, fit-elle observer calmement.

– Je me demande si je dois aller trouver le capitaine. Il y a sûrement une cabine sur ce bateau où il pourra vous enfermer. Et dès notre arrivée à Athènes, il vous renverra à Constantinople par le premier paquebot !

– Pourquoi ne pas me jeter par-dessus bord ? Ou mieux encore, me livrer aux soldats ? La plupart d'entre eux n'ont pas vu l'ombre d'une femme depuis des mois. Je suis certaine que je serais la bienvenue parmi eux !

– Cela vous apprendrait !

– Sans aucun doute... Je comprends parfaitement combien cette situation peut vous être pénible. Sachez qu'elle ne l'est pas moins pour moi mais, si désagréable que vous soyez, je préfère encore cela au sort qui m'attendait. D'ailleurs, j'étais prête à mourir plutôt que de l'accepter !

– Et quel était-il donc ? demanda-t-il d'un ton rogue, curieux malgré tout.

– Le *kizlar aga*, le chef des eunuques noirs, voulait que je rejoigne son harem.

Lord Castleford sembla parfaitement choqué.

– Il m'étonnerait fort que le sultan ait accepté ! fit-il, sceptique.

– Le sultan ? Je ne l'ai jamais vu. Je n'étais pas l'une de ses femmes, expliqua-t-elle. Mihri, l'*ikbal* favorite, m'a permis de me cacher au palais en me faisant passer pour sa sœur. Mais le Grand eunuque, qui cherchait un moyen de pression sur Mihri, préméditait de me prendre pour esclave.

– En quoi cela me concerne-t-il ? Pourquoi devrais-je être impliqué dans une situation aussi ambiguë et, surtout, aussi explosive du point de vue de ma carrière ?

– Je vous comprends fort bien. C'est pourquoi je suggère, je vous le répète, que personne à bord n'entende parler de moi.

Lord Castleford arpentait nerveusement la pièce.

– Que puis-je faire d'autre que d'accepter ? demanda-t-il soudain.

– Rien.

– Si jamais on découvrait quoi que ce soit, je n'ose penser au scandale, aux commérages, aux insinuations malveillantes sur mon compte !

– C'est pour cela que nous devons être discrets. Ça n'est pas si compliqué...

– Comment ? Mais bien sûr que si ! Pour commencer, je ne veux pas de femme dans ma cabine. J'avais prévu de travailler tranquillement, tout seul !

– Je vous promets de me faire toute petite.

Elle regarda autour d'elle et ajouta :

– Vous n'avez qu'à baisser la moustiquaire roulée au-dessus du lit. J'aurai là une excellente cachette au cas où quelqu'un entrerait à l'improviste.

– C'est peu probable.

– Votre serviteur pourra vous faire un lit confortable sur le sol.

– Je vous remercie, fit-il d'un ton sarcastique, d'être aussi soucieuse de mon confort !

Yamina sourit, amusée.

– Je vous assure que les lits orientaux, qui ne sont en fait rien de plus que des coussins étalés à même le sol, sont beaucoup plus confortables que les matelas indispensables aux Européens. Mais si vous préférez, vous pouvez garder le lit. Je prendrai les coussins.

– À vous entendre, on dirait que nous entrons dans nos meubles !

– C'est précisément ce que nous devons faire pendant le peu de temps que durera cette traversée. À Athènes, je débarquerai en même temps que vos bagages et quand nous arriverons à l'ambassade, je disparaîtrai.

– L'ambassade ! Mais est-ce que vous vous rendez compte ? De quoi aurais-je l'air, moi, le nouvel ambassadeur britannique, en arrivant avec une Russe déguisée en Turque ? À ce propos, je trouve votre tenue parfaitement indécente.

– Il y a bien quelques vêtements dans la malle, mais je serais surprise de trouver parmi eux une crinoline à la mode ou un corsage boutonné jusqu'au cou.

Outré, muet d'indignation, lord Castleford s'approcha du hublot et contempla le soleil qui dansait sur l'eau.

– Je suis désolée... vraiment désolée ! Je n'avais pas l'intention de vous déranger.

Décontenancé par le ton maintenant presque suppliant de Yamina, il marmonna :

– Je vous dois des excuses pour ma grossièreté, mais... vous m'avez vraiment pris au dépourvu.

– C'est bien compréhensible, puisque votre carrière est en jeu. Si vous m'aidez, je vous promets que personne ne saura que j'étais là !

– J'espère que ce sera possible, fit-il en se tournant vers elle.

Malgré sa colère, il devait admettre qu'elle était ravissante. Ses longs cheveux bruns émaillés de diamants flottaient jusqu'à sa taille. Ses lèvres écarlates, son regard alourdi par le khôl, au lieu de lui donner l'air effronté, faisaient ressortir la délicatesse de son beau visage très pâle où ses grands yeux noirs exprimaient une parfaite innocence.

– Vous êtes très jeune, fit-il à brûle-pourpoint.

– J'aurai dix-neuf ans au mois d'août.

– Vous avez dû connaître de pénibles expériences depuis que cette guerre a commencé... Pourquoi avez-vous quitté la Russie ?

– Mon père et moi, nous nous trouvions dans notre résidence d'été, à Balaclava, quand la ville a été encerclée par les troupes ennemies.

– Vous vous êtes enfuis ?

– Notre serviteur turc, que vous avez vu au bazar, a réussi à nous faire embarquer sur un bateau qui emmenait des blessés à Scutari.

– Vous vous êtes alors cachés près de l'endroit où je vous ai laissée cet après-midi-là ?

– C'est un quartier pauvre. Nous y étions en sécurité. Du moins jusqu'à ce que les autorités décident de fouiller chaque maison.

– Je comprends combien votre situation est difficile.

Il vint s'asseoir près d'elle et la regarda dans les yeux.

– Je suis retourné là-bas après vous avoir quittée. J'avais le sentiment que nous nous reverrions.

– Je sais, je vous ai aperçu.

– De chez vous ?

– Non, depuis le palanquin qui m'emportait vers le palais du sultan.

Il ne semblait pas se souvenir de la chaise mais il ajouta :

– Il y avait une maison en flammes. J'ai craint que vous ne soyez mêlée à cet incident.

Elle l'observa à son tour.

– Vous vous doutiez de ma nationalité ?

– Pas à ce moment-là, mais plus tard, je me suis posé la question. Ce lynchage dans le bazar vous avait manifestement bouleversée et je n'arrivais pas à définir votre allure, ni même votre accent.

Il s'interrompit un instant, souriant.

– Les Russes sont généralement doués pour les langues...

– En passant près de votre cheval, j'ai failli vous demander de venir à mon secours. Si je l'avais fait, comment auriez-vous réagi ?

– Honnêtement, je n'en sais rien. Je suis donc très heureux que vous n'en ayez rien fait puisque, à présent, je ne peux pas refuser de vous aider.

– Cela ne vous plaît pas, je le vois bien.

– Je me rends à Athènes pour y occuper le poste d'ambassadeur de Grande-Bretagne. Ce n'est pas le moment, pour moi, d'être confronté à un problème humain qui, à moins de faire preuve d'une habileté consommée, risque de briser net ma carrière.

– Jamais je ne vous ferai une chose pareille !

– Si l'affaire s'ébruitait, votre témoignage ne pèserait pas très lourd dans la balance, malheureusement... Mes confrères m'envieraient, reprit-il, les sourcils froncés. On aurait tôt fait de croire que je vous ai invitée à partager ma cabine.

– J'en suis parfaitement consciente. Aussi devons-nous être extrêmement prudents. Peut-être vaudrait-il mieux ne rien dire à votre valet ?

– Je réponds entièrement de Jenkins. Il est essentiel qu'il soit au courant, au contraire. C'est lui qui nous apportera les repas et qui devra faire le lit sur lequel vous avez décidé que je dormirai !

Intimidée par son ton cinglant, Yamina murmura :

– J'essaie seulement d'être réaliste… J'aurais sans doute mieux fait de me noyer dans le Bosphore. Cela aurait évité des ennuis à tout le monde.

– Ne soyez pas ridicule ! coupa-t-il d'un ton sec. Cette guerre ne durera pas éternellement. Ensuite, vous pourrez regagner votre pays.

– Oui, je retournerai en Russie. Que restera-t-il de notre maison à Balaclava ? Certainement rien…

Elle ne lui dit pas combien l'avenir lui semblait effrayant sans ses parents, sans même un toit où s'abriter. La possibilité de vivre chez son oncle, parmi ses cousins, ne l'attirait guère. De toute façon, elle était maintenant seule au monde. Rien ne serait plus comme avant, sans son père et la complicité qui l'unissait à lui.

Son visage devait trahir son angoisse car lord Castleford déclara :

– Il ne sert à rien de vous inquiéter pour l'instant. Essayons plutôt de nous sortir de ce pétrin. Je suis certain que nous sommes assez intelligents pour cela !

– Mon père disait toujours qu'il n'y a pas de problèmes que l'intelligence ne puisse résoudre.

– Je partage son point de vue. Il nous suffira d'être vigilants. L'essentiel est de ne pas nous laisser surprendre.

Tout en parlant, il se dirigea vers la porte et poussa le verrou.

– Les stewards possèdent un double des clés,

expliqua-t-il, et ils peuvent entrer à tout moment. Il ne faut surtout pas oublier de verrouiller la porte.

Yamina s'approcha du hublot pour regarder anxieusement en direction des ponts supérieurs.

– Je crois que nous sommes à l'abri des regards indiscrets, fit-il en souriant.

– Je l'espère. Pourtant, en montant dans les cordages, les matelots peuvent nous apercevoir...

– Je ne pense pas. Baissons la voix... Je ne tiens pas à expliquer à tout le monde que j'ai l'habitude de parler tout seul !

– On croirait que vous avez l'esprit dérangé...

– Je vous avoue qu'en voyant la soie se mettre à bouger toute seule, tout à l'heure, j'ai douté un instant de ma santé mentale. Puis j'ai cru que la favorite du sultan m'avait offert un animal, peut-être un oiseau...

– Pourvu que ma disparition ne lui attire pas d'ennuis !

– Votre complice est la favorite du sultan, m'avez-vous dit ?

– C'est une très belle Circassienne, expliqua Yamina. Elle a été ma servante, à Balaclava, avant d'être kidnappée par les agents du sultan.

Voyant l'intérêt qu'il manifestait, elle poursuivit :

– L'eunuque blanc qui vous a remis la clé de la malle était également au service de mon père, autrefois. Lui aussi a été enlevé. Il y a neuf ans de cela. Il a terriblement grossi depuis, je l'ai à peine reconnu.

– La cruauté avec laquelle on traite les eunuques est absolument effarante.

Yamina frissonna.

– J'ai encore du mal à croire que je me suis

enfuie de ce cauchemar. Je préfère, de loin, être prisonnière des Anglais plutôt que du harem. Ma peur ne cessait de croître à chaque minute !

– Vous figurerez dans l'histoire comme l'une des rares femmes à s'être échappée d'un harem du sultan !

– J'étais une pensionnaire assez particulière.

– Ce qui signifie, je l'espère, que les recherches ne seront pas trop poussées. Sinon, tôt ou tard, on finira par deviner pourquoi on m'a offert cette malle.

– J'y ai pensé et je tremble à l'idée de ce qui pourrait arriver à Mihri ou Sahin par ma faute.

Elle semblait épouvantée.

– N'y pensez plus ! s'écria-t-il. À quoi bon vous torturer ? Ce qui est fait est fait. Maintenant, si nous voulons nous en sortir, occupons-nous plutôt de ne pas éveiller les soupçons à bord.

– Vous avez raison.

– Quelle histoire ! Je n'en reviens pas encore ! Je me demande ce que Son Excellence l'ambassadeur ferait en pareil cas...

– Je suis certaine qu'il trouverait une solution. Mon père m'a souvent parlé de lord Stratford, en louant les réformes qu'il a accomplies dans l'Empire ottoman. Son nom est respecté de tous en Orient.

– Il est merveilleux et d'ailleurs, bien que fort bel homme, il n'a jamais été mêlé au moindre scandale.

– Et vous ? demanda-t-elle avec un peu d'ironie, vous êtes-vous trouvé placé, de par votre aspect physique, dans des situations délicates ?

– Jamais ! s'indigna-t-il. Ma carrière m'importe trop pour que je prenne le risque de jeter le discrédit sur mon nom.

Yamina sourit.

– Vous êtes bien catégorique. Votre souci du devoir ne rend-il pas votre vie un peu ennuyeuse ?

– Si quelqu'un se mettait en tête d'écrire ma biographie, je doute fort qu'il fasse ce genre d'observation !

– C'est de vous que je parlais, pas de votre biographie ! Combien d'aventures ont fait battre votre cœur plus vite, vous ont fait ressentir cette exaltation, ce frisson qui font oublier le risque et même la peur des conséquences ?

– J'ai le sentiment que vous ne parlez pas d'exploits chevaleresques mais d'amour. Eh bien, sachez que, dans ma vie, l'amour ne tient pas une très grande place. Je suis occupé par des affaires plus importantes.

– Plus importantes ?

– Beaucoup plus importantes. C'est peut-être difficile à comprendre pour une femme, mais pour un homme intelligent, les seules véritables réussites sont celles qu'il doit à son esprit, et non à son physique.

– Voilà un point de vue typiquement anglais. La plupart des Russes sont guidés par leur cœur. C'est lui qui leur montre les étoiles, car pour qu'un homme soit complet, il doit être inspiré.

– Les réalisations des Anglais, surtout depuis le début du siècle, parlent pour eux ! Et je vous ferai remarquer qu'elles ont été accomplies par des hommes qui se servaient de leur cerveau sans se laisser troubler par les sentiments.

Elle se mit à rire.

– L'argument est irréfutable ! Pourtant, nous parlions de vous, pas de l'Empire britannique, et je ne peux m'empêcher de penser que, malgré tout ce que vous avez pu faire – j'espère que vous m'en parlerez – , vous passez à côté de quelque chose d'essentiel.

Pas plus tard que la veille, l'ambassadeur lui avait dit à peu près la même chose. Irrité, lord Castleford répondit sèchement :

– Ma vie me satisfait telle qu'elle est. Je n'ai aucune envie de m'embarquer dans des aventures périlleuses et je n'apprécie pas tellement d'être impliqué dans celle où je me trouve actuellement.

– Si j'étais un homme, ce serait beaucoup plus facile, n'est-ce pas ?

– En effet. Vous seriez déjà entre les mains du capitaine et je me serais lavé les mains de cette affaire.

– Peut-être est-il un peu plus humain que vous, après tout ?

– Il vous aurait certainement trouvée très séduisante dans ce déguisement. Et votre apparence aurait, à coup sûr, ravi les soldats qui, comme vous le faisiez remarquer tout à l'heure, n'ont pas vu de femme depuis des mois.

Il avait eu l'intention d'être cinglant. C'était réussi. Mais quand il vit rougir Yamina, il eut honte de lui. Embarrassé, il sortit sa montre de la poche de son gilet et déclara :

– Il est presque quatre heures. Mon valet va m'apporter du thé. Nous ferions bien de réfléchir à ce que nous allons lui dire.

Yamina baissa les yeux.

– Peut-être allez-vous me trouver lâche, dit-elle, si je propose que vous ne mentionniez pas ma nationalité. Pourquoi ne pas dire que j'ai été emmenée au harem contre mon gré et que des amis m'ont aidée à m'évader ?... Ne vous méprenez surtout pas. Je n'ai pas honte d'être russe ! J'en suis fière, au contraire, très fière !

Mais comment votre serviteur ne s'indignerait-il pas de la présence clandestine d'une Russe sur un navire bondé de blessés anglais, français et turcs ?

– Vous avez raison. Je crois qu'il vaut mieux que vous ne soyez pas présente quand j'expliquerai cela à Jenkins.

– Je vais aller dans la salle de bains et je n'en sortirai que lorsque vous me le direz.

Elle s'approcha de la malle et en retira un caftan de velours tissé d'argent avant de s'éclipser. Au moment où elle refermait la porte, la clé tournait dans la serrure et lord Castleford alla tirer le verrou.

Jenkins apportait un plateau chargé d'une théière, d'une tasse en porcelaine et d'un paquet de biscuits venus de l'ambassade. Il le posa sur la table.

– Fermez la porte, Jenkins, ordonna lord Castleford. J'ai à vous parler.

Il obéit.

– J'ai une... une surprise, Jenkins.

– Vraiment, monsieur ?

– Vraiment. Dans la malle, au lieu du cadeau que j'attendais, il y avait une jeune fille.

– Une jeune fille ?

Jenkins, habituellement si flegmatique, était ébahi.

– Elle a été emmenée contre son gré au harem du sultan et c'était pour elle la seule façon de s'évader. Vous devinez dans quel embarras je me trouve.

– En effet, monsieur. Que comptez-vous faire ?

– Je ne vois pas d'autre solution que d'emmener cette jeune fille avec nous jusqu'à Athènes et là, de nous débrouiller pour lui faire quitter discrètement l'ambassade... Jenkins, ajouta-t-il d'un ton grave, vous comprenez mieux que personne dans quelle situation je serais si jamais on soupçonnait quoi que ce soit.

– Certainement, monsieur.

– Je ne pourrais même pas protester de mon innocence : on me croirait complice de l'évasion.

– En effet.

– Il va falloir que vous m'aidiez à garder le secret jusqu'à ce que nous soyons en sécurité à l'ambassade.

– Bien, monsieur.

– Heureusement, puisque vous me servirez mes repas ici, il n'y a aucune raison pour que quiconque y entre à part vous. Et je suis sûr que je peux me fier à votre discrétion et compter sur votre coopération.

– Vous pouvez me faire confiance, affirma Jenkins sans hésitation.

– Si quelqu'un insistait, malgré tout, pour entrer dans ma cabine, Mlle Yamina devra se cacher dans la malle. Ou dans la salle de bains, comme en ce moment.

Machinalement, Jenkins ramassa une écharpe de soie tombée sur le sol, la replia et la rangea dans le coffre.

– Cela ne posera pas de problème, fit-il au bout d'un moment.

– Il y aura tout de même celui de la nourriture.

Jenkins lui lança un coup d'œil presque espiègle.

– On pensera seulement que vous avez un gros appétit. Quant aux tasses ou assiettes supplémentaires, je m'en charge, ne vous inquiétez pas.

Sans être aucunement impertinent, Jenkins jeta un coup d'œil en direction du lit. Lord Castleford suivit la direction de son regard.

– Mlle Yamina dormira là, oui. Vous n'aurez qu'à baisser la moustiquaire. Tâchez aussi de trouver quelques oreillers. J'en ferai un lit à la manière orientale, fit-il, ennuyé de devoir suivre docilement les suggestions de Yamina.

– Je m'en occupe, monsieur. Si vous voulez m'excuser un instant, je vais tout de suite chercher une autre tasse.

– Mais... cela va paraître bizarre ?

– Oh non ! Je dirai simplement que j'ai cassé la première. Et dès que je pourrai le faire sans être vu, j'apporterai ici des assiettes et des couverts. Cela évitera toute question.

– Merci, Jenkins. Je savais que je pouvais compter sur vous.

– Vous le pouvez, monsieur.

Après un coup d'œil curieux en direction de la salle de bains, Jenkins quitta la cabine.

Quelques instants plus tard, il revint avec une autre tasse.

– Autre chose, monsieur ?

– Merci, Jenkins, ce sera tout.

Lord Castleford verrouilla la porte derrière son valet.

Yamina avait dû écouter la conversation car elle apparut aussitôt, ravissante dans le caftan bleu qu'elle avait enfilé. Il était bordé au col et aux poignets des mêmes perles et turquoises qui ornaient l'argent du velours. Elle n'avait pas enlevé les diamants qui étincelaient dans ses cheveux flottants et, lorsqu'elle se dirigea vers lui, lord Castleford eut l'impression qu'elle sortait tout droit d'une mosaïque persane.

– Je trouve que vous vous en êtes fort bien tiré !

– Votre approbation me flatte au plus haut point, répliqua-t-il, sarcastique.

Elle le regarda avec un sourire amusé.

– Vous êtes encore fâché ?

– Évidemment ! Mais rassurez-vous, je trouve épuisant de perdre son sang-froid. D'ailleurs, un diplomate doit se contrôler en toute circonstance.

– Ce n'était certainement pas le cas quand vous m'avez vue sortir du coffre !

– Cela vous étonne ?

– Pas vraiment, mais je suis ravie d'avoir troublé votre flegme et brisé cette froide indifférence si britannique !

– Voilà donc ce qu'on pense de nous en Russie ?

– Bien sûr ! Rien ne peut vraiment faire perdre son sang-froid à un Anglais... si ce n'est une femme.

– Vous pouvez vous féliciter de votre succès ! J'aurais sans doute mieux fait de rester de marbre...

– C'était ce à quoi je m'attendais. Je suis soulagée de m'apercevoir que, finalement, vous êtes humain.

– Après tout, ça ne fait pas de mal, de temps à autre, de se voir à travers les yeux de l'ennemi ! Toutefois, l'hospitalité qui m'a été offerte la dernière fois que je suis allé en Russie m'a donné une image de moi-même très différente de celle que vous dépeignez.

– C'est que les Russes sont courtois et hospitaliers. Mais puisque nous sommes en guerre, vous pouvez entendre quelques bonnes vérités !

– Voulez-vous que je vous parle franchement ?

– Non, si vous devez vous montrer plus désagréable encore que vous ne l'avez déjà été. Il me sera difficile d'oublier que vous m'avez traitée de « houri exotique » !

Lord Castleford sourit.

– Me pardonnerez-vous si je vous dis que pour l'instant, vous n'en avez absolument pas l'air ?

– Je ne suis pas indécente, au moins ?

– Dois-je m'excuser ?

– C'est inutile. Ce ne sont pas les paroles qui importent, mais les actes, et je vous suis, au contraire, reconnaissante de ne pas m'avoir livrée au capitaine.

– Cela aurait posé le problème de savoir si vous auriez été prisonnière de la marine ou de l'armée de terre...

– Tandis qu'avec vous, je suis à l'abri de tout, sauf de vos insultes ?

Il éclata de rire.

– Je vois que vous ne manquez pas de répartie ! Puis-je vous offrir, en guise de calumet de la paix, une tasse de thé ?

– J'en rêvais !

– Vous n'avez pas déjeuné, aujourd'hui ?

– Je n'en ai pas eu le temps et un petit déjeuner turc, ça n'est pas très nourrissant !

– Laissez-moi vous commander quelque chose de plus substantiel que ces biscuits, suggéra-t-il.

Yamina secoua la tête.

– Je préfère attendre le dîner.

– Je le demanderai tôt. Jenkins est un excellent cuisinier.

– Je l'ai deviné d'après la conversation que vous avez eue avec lui en arrivant... Vous voyagez très confortablement.

– Je ne vois pas quel mérite il y aurait à se

passer de confort quand ce n'est pas nécessaire.

– Apparemment, votre valet veille sur vous assez efficacement pour que vous puissiez vous passer d'une femme !

– C'est bien ce que je me suis dit. Nous avons en Angleterre un adage selon lequel celui qui voyage seul va plus vite.

– Or, vous êtes pressé d'atteindre votre but. Et quel est-il ? L'ambassade à Paris ?

Il parut surpris de sa perspicacité et elle lui sourit.

– Mon père connaissait quelques diplomates européens à Saint-Pétersbourg et tous rêvaient de cet Eldorado.

– C'est sans aucun doute le poste le plus attirant, le plus brillant qu'on puisse offrir à un diplomate.

– Ce sera donc votre prochaine nomination ?

Il hésita un moment et déclara, avec une certaine réticence :

– Je l'espère.

– Ce qui signifie que vous avez de fortes présomptions en ce sens ! À moins, bien sûr, que vous ne fassiez d'ici là un accroc à votre réputation, ce qui serait évidemment le cas si l'on trouvait une houri dans vos bagages.

– Je me suis déjà excusé pour cette description !

– Cela fait encore un peu mal.

– Les paroles qui ne sont pas vraies ne devraient jamais nous blesser.

– Elles le font pourtant. C'est ce qui est injuste. Et les demi-vérités font souvent plus mal que les mensonges purs et simples. Par exemple, quels que soient nos efforts pour nous expliquer les circonstances actuelles, vous me prendrez toujours pour une odalisque attendant le moment d'attirer l'attention du sultan.

Lord Castleford sourit.

– Il m'a semblé, en vous voyant apparaître à l'instant, que vous sortiez tout droit d'une mosaïque persane du XVe siècle, ou peut-être de l'une de ces exquises peintures sur ivoire dont la valeur est telle que le shah les fait garder précieusement.

– Je suis flattée !

– Comment se fait-il, belle comme vous l'êtes, que vous vous retrouviez seule au monde, sans famille, sans parents, sans même un mari pour prendre soin de vous ?

– C'était mon destin, j'imagine. Et c'est pourquoi je vous suis reconnaissante de vous occuper de moi, même si vous n'en aviez pas l'intention au départ.

Elle eut un petit frisson, mi-sincère, mi-feint.

– Je me trouve sur un navire anglais, en train de partager le thé d'un ennemi de ma patrie. Et c'est beaucoup moins inquiétant que d'être au milieu d'un harem à guetter en tremblant l'arrivée du Grand eunuque...

6

Yamina s'éveilla en sursaut. Elle n'était plus dans le harem... Était-ce possible ? Peu à peu, elle se souvint que, laissant derrière elle la Turquie et ses dangers, elle voguait vers un avenir qui pourrait bien être plus terrifiant que ce qu'elle avait fui. Dans son demi-sommeil, elle se sentit pourtant en sécurité.

Elle regarda alors lord Castleford, étendu sur un lit de coussins – dont il avait apparemment, malgré les coups d'œil maussades qu'il y avait jetés, aucune raison de se plaindre. Bercée par les flots et le doux ronflement des machines, elle se mit à rêver...

Étrange destin, qui lui faisait partager, séparée de lui par une fine moustiquaire, la chambre d'un ennemi. Un ennemi ? En le voyant émerger de la salle de bains, la veille au soir, habillé pour le dîner, elle avait été éblouie. Difficile de trouver homme plus élégant, plus distingué que lord Castleford. Jenkins avait dressé la table et, la mer étant calme, il avait posé au centre un candélabre à trois branches.

– Je crains, pour ce soir en tout cas, de ne

pouvoir vous faire l'honneur d'une toilette plus habillée, avait-elle déclaré.

– Vous êtes très séduisante ainsi.

Puis, comme regrettant cet éloge, il avait ajouté :

– Mais vous le savez déjà, probablement.

Yamina l'avait observé entre ses longs cils, une lueur amusée dans le regard.

– Je trouve dommage de gâcher un aussi joli compliment. Et tellement éloquent, venant d'un Anglais !

Il s'était mis à rire.

– Vous avez décidé que mes compatriotes et moi-même étions odieux ! Peut-être qu'un jour nous vous surprendrons, au moment où vous vous y attendrez le moins !

– Je me demande à quoi vous ressemblez quand vous n'êtes pas sur vos gardes. Vous donnez constamment l'impression d'avoir peur que vos paroles soient mal interprétées ou même écoutées par des oreilles non autorisées. En conséquence, vous les choisissez avec cette même attention qu'un autre accorderait à ses vins.

– Voilà une description plutôt fine du métier de diplomate !

– N'est-ce pas un peu frustrant ? Vous n'avez jamais envie de vous laisser aller, de dire ce qui vous passe par la tête, d'être spontané ?

– J'ai appris à me contrôler.

Leurs regards s'étaient croisés et, à nouveau, il avait ri.

– J'avoue qu'en émergeant de cette malle, vous m'avez pris au dépourvu, mais vous me préférez sûrement quand je suis maître à la fois de ma langue et de mon humeur ?

– Je vous répondrai quand nous nous connaîtrons mieux.

À la fin du repas, elle avait constaté qu'ils avançaient à grands pas sur cette voie. Jenkins avait allumé les bougies et tiré les rideaux devant les hublots. Tout en savourant son café, Yamina s'était étonnée de bavarder tranquillement avec cet homme, si en colère quelques heures plus tôt. Ennemis, ils l'étaient, non seulement à cause de leurs nationalités respectives, mais aussi parce qu'elle s'était imposée à lui. Toutefois, au prix sans doute d'un effort considérable pour oublier ces fâcheuses circonstances, il lui avait parlé de ses voyages, ainsi que des dangers qu'il avait rencontrés sur sa route. Yamina l'avait écouté, passionnée, ses grands yeux noirs fixés sur lui. Comment n'eût-il pas été flatté de l'intérêt qu'elle lui portait !

Jamais encore elle n'avait dîné en tête à tête avec un autre homme que son père, et l'expérience lui avait paru fascinante. Assis à cette table, cernés de toutes parts par une mer menaçante, on aurait dit qu'ils étaient seuls sur une île déserte, provisoirement rapprochés par le destin, chacun curieux de découvrir cette terre inconnue qu'était l'autre.

« Mais nous n'avons ni carte ni boussole pour distinguer le vrai du faux, songea-t-elle. Rien que notre instinct… »

Elle avait souri sans s'en rendre compte et il avait demandé :

– Qu'est-ce qui vous amuse ?

– Nous ! Sans même nous connaître, nous sommes pleins de préjugés l'un sur l'autre, pour la seule raison que nos pays se font la guerre.

– Toute guerre est décidément… barbare, destructrice, inutile… Je suis allé à Saint-Pétersbourg, voici quatre ans. J'y ai été reçu divinement par le tsar et de nombreuses personnalités russes, parmi lesquelles je me suis fait de vrais amis. Et voilà que, par la faute d'un ambassadeur belliqueux qui semble avoir décidé de pousser les Turcs à bout, je suis privé de ces amitiés que j'aurais appréciées toute ma vie.

– Sous cet angle, la situation paraît absurde, mais je suis certaine que, la guerre terminée, vous pourrez retourner en Russie et reprendre vos relations où vous les aviez laissées.

– Je n'en suis pas si sûr…

– Cela prendra peut-être quelque temps. C'est souvent le cas quand on est impliqué dans des événements internationaux, n'est-ce pas ?

– Quand les gouvernements préfèrent la guerre à la diplomatie, voulez-vous dire !

– Vous vous considérez donc comme un homme de paix ?

– Certainement !

Yamina avait levé son verre.

– En ce cas, je bois à votre avenir ! Car toutes les femmes détestent la guerre et aspirent à la paix.

Ils parlaient encore lorsque Jenkins était venu desservir les tasses et apporter une carafe de porto pour son maître. Installés dans les fauteuils, ils avaient poursuivi leurs joutes verbales mais, bientôt, les paupières de Yamina s'étaient faites lourdes et elle avait réprimé un bâillement.

– Vous êtes fatiguée, avait-il déclaré. Vous avez eu une journée très éprouvante.

Elle songeait à sa terreur tandis qu'on l'emportait loin du harem, qu'elle attendait devant le caïque, tremblant d'être découverte ou tout bonnement oubliée sur le quai. Si ces peurs l'avaient quittée, elle en subissait encore le contrecoup.

– Allez vous coucher, avait-il ajouté doucement. Je vais sur le pont. Je serai absent au moins une heure.

Ils s'étaient levés et regardés en silence. Il avait semblé à Yamina qu'ils avaient alors continué à communiquer.

– Bonne nuit, Yamina.

Il était sorti en fermant soigneusement la porte derrière lui. Et elle s'était déshabillée et mise au lit. Très vite, elle s'était endormie et avait à peine eu conscience du retour de son hôte.

Soudain, elle se redressa : les machines s'étaient arrêtées. On jetait l'ancre... Que se passait-il ? Pourquoi ne poursuivait-on pas le voyage ?

Lord Castleford devait l'avoir entendue bouger.

– N'ayez pas peur, Yamina, la rassura-t-il. Le capitaine m'a appris hier soir que nous ferions une halte au mont Athos. Ils doivent y débarquer un moine russe, blessé alors qu'il administrait des soins à des soldats en Crimée.

– Le mont Athos ! s'exclama-t-elle. J'aurais tellement aimé le voir en plein jour ! On prétend que la Vierge Marie y a séjourné et que, depuis des siècles, aucune femme n'est autorisée à souiller la Montagne sainte.

– Peut-être les moines croient-ils encore à cette légende, mais je puis vous assurer qu'il y a cinq ans lord et lady Stratford ont été reçus dans l'un des monastères du Hagion-Oros !

– Une fois de plus, l'intrusion féminine là où on l'aurait le moins attendue, fit-elle en riant.

Lord Castleford s'était levé. Après avoir enfilé une robe de chambre que Jenkins avait laissée sur une chaise, il s'approcha d'un hublot et ouvrit les rideaux. Aussitôt, des rayons de lune envahirent la cabine et sa silhouette se découpa sur la lumière argentée.

– Venez voir, dit-il, vous ne regretterez plus de ne pas avoir découvert le mont Athos en plein jour.

Il l'entendit bouger derrière la moustiquaire.

– Voudriez-vous fermer les yeux un instant ? demanda-t-elle.

– Pourquoi ?

– Parce qu'il n'est guère commode d'enfiler un caftan dans un lit. Cela me faciliterait beaucoup la tâche si je pouvais me lever.

Il y eut un instant de silence.

– Voulez-vous dire que vous dormez nue ?

– Cela vous choque ? Il se trouve, malheureusement, que mon amie Mihri ne m'a donné que des vêtements de luxe, brodés de perles et de pierres précieuses...

Elle se mit à rire.

– J'ai bien essayé de dormir dans le plus fin et le plus léger, mais j'avais l'impression d'être cette fameuse princesse du conte de fées qui sentait un petit pois malgré douze épaisseurs de matelas ! Seulement, dans mon cas, il s'agit de nombreuses pierres dures, ce qui est très douloureux !

– Je ne me plaignais pas, fit lord Castleford. J'étais seulement intéressé.

– Vos yeux sont fermés ?

– Je ne vois plus rien !

Il entendit un bruissement : Yamina sortait du lit. Machinalement, il ouvrit les yeux.

Ce qu'il vit alors à la lumière de la lune était si exquis, si parfait, qu'il eut l'impression d'admirer une déesse grecque descendue sur terre pour pétrifier le pauvre mortel qu'il était. Yamina glissa les bras dans le caftan qu'elle tenait au-dessus de sa tête et son corps fut à nouveau caché. Rejetant ses longs cheveux, elle s'approcha de lui. Dans sa chemise de voile brodée de perles et de minuscules diamants qui captaient tout l'éclat de la lune, elle semblait drapée d'un million d'étoiles.

Regardant par le hublot, elle poussa une exclamation émerveillée. La montagne conique se dressait devant eux, imposante, de grands bosquets de châtaigniers, des forêts de pins et de chênes grimpant le long de ses pentes. Des taches blafardes révélaient les monastères médiévaux orthodoxes et, posant sur la scène comme un voile de mystère, une lune argentée donnait à ce spectacle une beauté féerique.

– Peut-on rêver un plus beau paysage ? souffla-t-elle, prise sous le charme.

Au pied du mont Athos, la mer miroitait contre les versants rocailleux.

Elle tourna lentement la tête vers lord Castleford.

– Jamais je n'oublierai cette vision... dit-il.

Pourtant, c'était elle qu'il contemplait. Elle leva vers lui des yeux étonnés, aussitôt envoûtée par l'expression de son regard. L'espace d'un instant, ils restèrent silencieux, immobiles comme des statues. Il s'imprégna de l'ombre violette de ses cheveux, de l'étoffe chatoyante qui découvrait les courbes douces de sa poitrine et la fragile colonne blanche supportant l'ovale gracieux de son visage.

Yamina entrouvrit des lèvres haletantes. Soudain, la voix de lord Castleford s'éleva, déchirant le silence comme un coup de fouet :

– Grands dieux ! Ne me regardez pas ainsi !

Tendant les bras, il l'attira brutalement à lui et posa sur ses lèvres une bouche dure, cruelle, dont elle ne sentit tout d'abord que la morsure. Puis un étrange frémissement la parcourut. Il la tenait captive, soumise à sa volonté. Et, sans même réfléchir, elle se rendit à lui. Il la tint plus serrée, ses lèvres se firent plus tendres, douces même, toujours possessives. Yamina les avait crus seuls sur une île mais, à présent, ils devenaient un, dans un monde où nul n'existait plus qu'eux-mêmes. C'était sûrement cela que les dieux ressentaient sur l'Olympe ! C'était cela, l'extase !

Elle ne bougeait plus, respirait à peine et, pourtant, elle répondait, émerveillée, à l'appel de ces lèvres, de ce cœur battant contre le sien, si proche qu'elle avait du mal à croire que ce n'était pas le même.

Tout à coup, aussi brusquement qu'il l'avait prise dans ses bras, il la repoussa.

– Retournez au lit pendant que je suis encore capable de vous laisser partir, ordonna-t-il durement.

Il sortit aussitôt en claquant la porte et elle resta seule sous la lune, chancelante, avec l'impression qu'une bombe venait d'exploser auprès d'elle. Toute logique l'avait désertée, balayée par l'extase qui avait déferlé sur elle comme une vague incontrôlable. Tout ce dont elle avait encore conscience était ce battement forcené de sa poitrine, ses lèvres meurtries qui tremblaient de bonheur.

Elle posa sa joue fiévreuse contre le hublot et contempla le site enchanteur du mont Athos. Mais ni le contact froid de la vitre ni la sérénité du paysage n'apaisèrent son tumulte intérieur. Son corps brûlait d'un feu étrange, un feu qui, tel ce clair de lune, sublimait toute beauté.

Craignant qu'il ne revienne et la trouve encore debout, elle tira les rideaux sur la lumière argentée et regagna le lit. Après avoir enlevé son caftan brodé, elle se glissa sous les draps et ferma les yeux.

Elle resta étendue, immobile, vibrant encore de l'émoi qu'avait éveillé en elle cette étreinte passionnée. Elle ne pouvait plus penser à lord Castleford d'une manière cohérente. Il n'était plus cet homme dont elle avait dû affronter la fureur, ni même celui qui avait bavardé tranquillement avec elle au dîner. Il était un dieu entré dans sa vie pour la transfigurer, pour lui donner ce dont elle rêvait depuis toujours, qu'elle avait désiré sans même en avoir conscience et qui l'attendait quelque part, pourvu qu'elle sût le trouver.

Elle venait de naître au mystère de l'amour.

L'aube se levait lorsque lord Castleford revint. Il la croyait sans doute endormie car, sans faire aucun bruit, il se jeta sur ses coussins. Au bout d'un long moment, elle eut l'impression qu'il dormait. Tout en pensant à lui, écrasée par l'émotion, elle s'endormit à son tour.

Lorsqu'elle s'éveilla, il était déjà dans la salle de bains. Les machines du paquebot s'étaient remises en marche. Il était encore très tôt.

Il traversa de nouveau la cabine et sortit tout doucement. Yamina se retrouva seule. Elle resta ainsi un long moment, revivant les événements de la nuit, puis elle se leva. Après avoir pris un bain, elle se demanda ce qu'elle allait mettre. Outre l'*entari*, qu'il avait jugé indécent, elle disposait d'un caftan de velours turquoise, beaucoup trop chaud pour la saison, d'un autre brodé de zibeline, qui tapissait le fond de la malle, et de divers vêtements transparents. Mais, en plein jour, ils seraient encore plus révélateurs que l'*entari*. Elle opta donc pour ce dernier et fouilla dans le coffre à la recherche d'une épingle pour fermer sa chemise dont le décolleté plongeant jusqu'à la taille avait choqué lord Castleford. Heureusement, elle dénicha, piqué sur le petit *talpock* qu'elle portait en quittant le harem, une broche en perle et topaze, assortie d'ailleurs à sa ceinture. Elle l'agrafa à la chemise, sous le cou, et dans un dernier effort pour paraître plus respectable, elle arrangea ses cheveux en un chignon bas sur la nuque. C'était très difficile à réaliser sans épingles, mais quelques rubans glanés sur les vêtements lui permirent de se tirer d'affaire. Elle semblait ainsi plus sage, plus distinguée qu'avec sa chevelure flottant librement sur ses épaules.

Elle rectifiait les derniers détails lorsque Jenkins entra, un plateau à la main.

– Avec les compliments de Monsieur, déclara-t-il. Il me charge de vous dire qu'il est invité à prendre le petit déjeuner avec le capitaine.

Tout en parlant, il avait disposé une nappe propre sur la table. Il y posa le plateau où il y avait du café et un plat couvert.

Yamina, encore trop troublée par les événements de la nuit, n'avait pas faim. Craignant toutefois de froisser Jenkins qui s'était donné tant de mal, elle se mit à jouer avec un toast tartiné de miel.

– Est-ce que cela vous dérangerait si je nettoyais la cabine ? lui demanda-t-il.

– Bien sûr que non !

Il se mit aussitôt à faire le lit, puis il y disposa les coussins sur lesquels avait dormi lord Castleford, découvrant ainsi un petit matelas qu'elle n'avait pas remarqué la veille. Il le dissimula aussitôt sous le lit à baldaquin.

– Au cas où l'on rendrait visite à Monsieur, expliqua-t-il. Il vaut mieux éviter les surprises !

Après avoir nettoyé la salle de bains, il la laissa seule et elle attendit le retour de lord Castleford, partagée entre la crainte et l'impatience de le revoir. La confusion la plus totale régnait dans son cœur. Pourtant, quand il arriva, plusieurs heures plus tard, elle devina exactement ce qui allait se passer.

Debout devant le hublot, elle contemplait la mer, guettant les îles qu'ils ne pouvaient manquer de croiser en traversant la mer Égée, lorsqu'elle entendit la clé tourner dans la serrure. Elle ne bougea pas : elle savait que c'était lui. Puis, elle se retourna. Le soleil éclairait son visage et elle sentit son cœur chavirer en le regardant. Lentement, il se dirigea vers elle et elle sut qu'elle l'attendait depuis toujours.

Il l'observa longuement en silence.

– Je n'ai donc pas rêvé ? fit-il enfin.

Les yeux plongés dans les siens, elle répéta :

– Rêvé ?

– La nuit dernière, j'ai cru voir une déesse, mais je comprends aujourd'hui que vous êtes bien réelle. Et plus belle encore que dans mon souvenir.

Il s'interrompit un instant.

– Yamina, que s'est-il passé ? Que m'arrive-t-il ?

Son regard s'attardait sur ses lèvres et, bien

qu'il ne la touchât pas, elle eut l'impression qu'il l'embrassait.

– Une nuit que j'étais aux Indes, sous la véranda d'un bungalow perché sur les collines, reprit-il, j'ai entendu un homme chanter une chanson si belle que j'ai demandé à l'un de mes amis de m'en traduire les paroles. Voici ce qu'elles disaient :

L'homme n'est pas plus libre d'aimer
Que la vague de choisir la jetée
Où elle ira mourir.
Et du souvenir
Brûlant de vos lèvres suaves
À jamais je reste l'esclave.

– C'est donc... de l'amour que vous éprouvez pour moi ? murmura-t-elle.

– Je ne sais pas. Si c'est cela, je n'ai jamais été amoureux jusqu'à ce jour.

Il ouvrit les bras et l'attira doucement contre lui. Il n'y avait plus trace en lui de la violence de la veille. Au contraire, il savourait chaque instant de son bonheur. Elle posa la tête sur son épaule et il chercha ses lèvres, doucement, tendrement. Puis, sentant le feu qui dévorait Yamina, sa bouche se fit plus possessive, exigeante. Le monde vacilla autour d'elle et elle n'eut plus conscience que de leur étreinte. Finalement, il la relâcha en déclarant d'une voix mal assurée :

– Comment cela a-t-il pu m'arriver, à moi ? Je n'y comprends rien. Je vous ai rencontrée il y a quelques jours à peine et, déjà, je ne connais plus que vous...

– C'est aussi ce que je ressens. Mais c'est impossible, vous avez raison. Nous ne pouvons rien attendre l'un de l'autre.

– Rien ? Que voulez-vous dire ? demanda-t-il d'un ton rude.

Il l'embrassa, presque avec colère, avec la même exigence que la nuit passée. Tout ce qu'il y avait de primitif en Yamina semblait jaillir et s'élancer à la rencontre d'instincts similaires enfouis au fond de lui.

Ils restèrent soudés l'un à l'autre, comme un seul être, jusqu'à ce que, anéantie par ce trop grand bonheur, elle posât sur ses lèvres une main suppliante.

– Non... Je vous en prie...

À contrecœur, il la lâcha. Elle se détourna, haletante, et s'appuya contre le hublot. Le soleil qui brillait dehors l'aveuglait, la pénétrait de sa splendeur.

– Tout cela est si... soudain, si incroyable... Nous devons rester lucides.

– Lucides ? Et que suggérez-vous ?

– Rien, justement... Demain, nous arriverons à Athènes et... nous ne nous reverrons plus jamais.

– Croyez-vous vraiment que cela soit possible ?

– Non seulement c'est possible, mais c'est aussi la seule solution. Nous ne devons pas aggraver la situation. Ce sera déjà suffisamment pénible de vous dire... adieu.

– Pénible ? répéta-t-il d'une voix qui semblait venir du plus profond de son être.

Il allait l'entourer de ses bras mais elle résista et s'éloigna, le regard sombre.

– Je vous fais peur ? s'inquiéta-t-il.

– J'ai peur... de vous et de moi. De nous deux. On dirait que nous sommes pris dans un tourbillon dont nous ne pouvons sortir.

– Hier encore, je croyais vous haïr, Yamina.

Je sais aujourd'hui que c'était de la peur et non de la colère que j'éprouvais. Votre visage me hante depuis que nous nous sommes rencontrés au bazar. Depuis, je n'ai cessé de penser à vous. Je me souviens de votre parfum qui semblait avoir imprégné ma veste. Il fallait que je vous revoie !

– Et vous êtes venu me chercher, murmura-t-elle.

– Je croyais simplement faire preuve de courtoisie à l'égard d'une jeune femme en détresse mais j'étais poussé, je le comprends maintenant, par un ardent désir de vous retrouver, de m'assurer que vous étiez aussi belle que dans mon souvenir.

Il reprit son souffle un instant avant de poursuivre :

– Je sens encore la douceur de votre corps appuyé sur mon bras. Hier, pourtant, vous étiez encore plus douce, plus proche...

Elle eut un petit geste d'impuissance.

– Je n'arrive pas à comprendre ce qui nous arrive. Comment pouvons-nous éprouver de tels sentiments quand nous sommes ennemis ?

– Ennemis, vraiment ? Si les ennemis se conduisaient tous comme nous, mon ange, les guerres ne dureraient pas longtemps !

– Ça n'est peut-être qu'un feu de paille, répondit-elle hâtivement. Nous étions tous deux tendus... et même sur les nerfs. Il faut oublier ce qui s'est passé. Et... vous ne devez plus me... toucher.

– Comment voulez-vous que j'oublie ?

Il s'approcha d'elle.

– Et comment voulez-vous que je reste auprès de vous sans avoir envie de vous toucher ?

Elle se contenta de le regarder en tremblant, sans répondre.

– Ma chérie ! murmura-t-il tendrement. Je suis amoureux ! J'ignorais ce qu'était l'amour et, maintenant, je ne puis plus penser qu'à vous et au besoin que j'ai de vous.

Il lui ouvrit les bras. Malgré son désir de lui résister, Yamina s'approcha, comme aimantée par lui, et cacha son visage au creux de son épaule. Il l'enlaça, baisa son front; sa main défit les rubans qui maintenaient le chignon. Ses cheveux libérés cascadèrent en vagues luxuriantes sur ses épaules, comme soulagés de cette délivrance, et il caressa leur soyeuse douceur. Puis, lui soulevant le menton, il plongea son regard dans le sien.

– Je vous aime. Ces mots ne sont jamais sortis de mes lèvres et voilà que j'ai envie de les répéter inlassablement. Je vous aime ! Et je ne sais même pas ce que vous ressentez pour moi.

– Moi aussi, je vous aime, murmura-t-elle. Mais c'est sans espoir, fou, impossible ! Votre situation vous l'interdit !

– C'est à moi d'en décider.

– Il faut être raisonnable.

– Est-ce que ce qui nous arrive est raisonnable ? s'écria-t-il farouchement.

Il embrassa son front, ses yeux, ses joues et posa sa bouche sur la sienne au moment où elle ne désirait rien plus ardemment que ce baiser puissant, exigeant, qui lui réclamait et son cœur et son âme. Il attendait d'elle une totale reddition et elle se perdit en lui, se noyant dans une extase absolue.

Lorsqu'ils se séparèrent, Yamina, chancelante, alla s'asseoir dans l'un des grands fauteuils. Radieuse, les yeux brillants, elle était transfigurée. Pourtant, s'arrachant péniblement à ce bonheur infini, elle déclara :

– Dans d'autres circonstances, vous seriez le premier à dire que nous ne devons pas être esclaves de nos... émotions et qu'il nous faut réfléchir. Demain, nous arriverons à Athènes. Il va falloir que je vous quitte et ce sera une torture insupportable et...

– Pourquoi y penser ?

– Parce qu'il faut y faire face !

– Chaque chose en son temps, Yamina. Il nous reste aujourd'hui. Et cette nuit. Demain, je chercherai la solution à nos problèmes.

– Existe-t-elle seulement ?

– Je n'en saurai rien avant d'y avoir réfléchi sérieusement. Pour l'instant, je ne veux penser qu'à vous seule... Je me croyais immunisé contre l'amour, ajouta-t-il en souriant. Il y a deux jours à peine, je jurais à lord Stratford que je ne connaîtrais jamais cet état où un homme n'est plus capable de penser clairement, où il est prêt à renoncer à tout pour des sensations éphémères.

– C'est donc ce que vous ressentez maintenant ?

– Vous savez aussi bien que moi que ceci n'a rien d'éphémère. Nous nous attendions depuis l'aube des temps.

– Vous êtes sincère ?

– J'ai vécu trop longtemps en Orient pour ne pas croire au *kismet*, au destin... Et mon destin, c'est vous, mon ange.

Avec un petit sourire, il ajouta :

– Je connais un certain nombre de gens, parmi lesquels lord Stratford, qui seraient ravis d'apprendre que, finalement, je n'échappe pas à ce qui est le lot de tous les hommes !

– Étiez-vous donc certain de pouvoir rester indéfiniment seul, indifférent ?

– J'ignorais ce qui m'attendait ! Si j'avais pu voir cet instant dans une boule de cristal, je crois bien que j'aurais eu envie de m'enfuir aussi vite que possible !

Voyant la douleur qui traversait ses grands yeux, il ajouta vivement :

– Mais je n'avais jamais été touché par l'amour... Comment pouvez-vous imaginer un seul instant que j'aurais, volontairement, renoncé à ce bonheur de la nuit dernière ?

– Qu'avez-vous fait après m'avoir quittée, hier ?

– J'ai erré longuement sur le pont, en essayant de me convaincre que je ressentais un désir purement physique, inspiré par votre incroyable beauté.

Il se tut et Yamina demanda, anxieuse :

– Et ensuite ?

– Ensuite, j'ai compris que ce n'était pas cela. Je savais, au fond de mon être, que vous étiez mienne, totalement, absolument, et qu'aucun mot, aucune discussion n'y changerait quoi que ce soit. Nous appartenons l'un à l'autre et ce qui nous lie n'est pas seulement physique, vous le savez.

– Vous pensez vraiment ce que vous dites ?

– Si je le pense ? Quelle question ! Je ne pourrai plus vivre sans vous, ma chérie !

Elle alla, une fois de plus, se placer devant le hublot et regarda la mer.

– Ne dites pas cela... Que savons-nous l'un

de l'autre ? Ce n'est peut-être effectivement qu'une attirance physique, comme cela arrive parfois. Un feu qui brûle pour s'éteindre aussitôt...

– Vous croyez ?

– Les femmes ne réagissent sans doute pas comme les hommes, murmura-t-elle, hésitante.

– Je ne vous parle pas des autres, mais de vous. Croyez-vous que l'émotion qui vous envahit disparaîtra lorsque nous serons séparés ?

Comme elle ne disait rien, il poursuivit :

– Je n'ai rien connu de semblable jusqu'à ce jour. J'avais beau vouloir une femme, la désirer, à peine l'avais-je conquise qu'elle perdait tout intérêt à mes yeux. Parfois même, une liaison prenait fin dès l'instant où nous étions tous deux satisfaits... Soyez franche, Yamina. Est-ce cela que vous ressentez ?

– Non... Je serais sacrilège en le disant. Ce que je ressens est si beau, si... merveilleux. Vous m'avez transportée au sommet de l'Olympe ! Nous n'étions plus des humains mais des dieux. C'était une extase divine !

Il se leva et s'approcha d'elle.

– Ma chérie... murmura-t-il. C'était l'amour, tel qu'il doit être. Non pas une émotion tranquille et pleine de sensiblerie, mais un sentiment prodigieux, puissant comme la mer, grandiose comme une tempête, aussi brûlant que le cœur du soleil ! Voilà ce que j'éprouve pour vous, Yamina.

Il l'enlaça. Elle tremblait de bonheur.

– Je vous aime et je ne peux plus vivre sans vous. Ne nous quittons plus jamais !

– C'est impossible, vous le savez.

Sans répondre, il inclina la tête et posa sa

bouche sur la sienne. Ils restèrent là, deux enfants dans le noir, rassurés par leur chaleur mutuelle. Et il la serra plus fort, plus près, comme s'il voulait prouver que jamais rien ne les séparerait.

7

Jenkins s'était surpassé et le repas était délicieux, arrosé d'un vin doré au goût de soleil. Yamina ne songeait plus qu'à cet homme assis en face d'elle. Quand leurs regards se croisaient, il lui semblait que la terre s'arrêtait de tourner. Elle se demanda comment elle avait pu le trouver froid et distant, lui qui vibrait de sensibilité; de sa voix émanaient une chaleur, une profondeur nouvelles. Jamais elle n'eût espéré connaître un jour, avec une telle acuité, ce doux bien-être qui l'habitait. En Russie plus qu'ailleurs, l'amour faisait partie de la vie – la musique, la littérature, la pensée, les êtres, tout était animé par ce sentiment. Mais Yamina était restée spectatrice de l'amour, comme d'un tableau qui laisse l'observateur en dehors du sujet qu'il expose, quelle qu'en soit la beauté. À présent, tout avait changé. Elle se trouvait au centre de la toile, concernée, impliquée, et c'était différent de tout ce qu'elle avait attendu ou même imaginé. Elle aurait donné sa vie pour lord Castleford, mais le problème n'était plus de mourir, il était de vivre. Sans lui…

Le déjeuner terminé, Jenkins acheva de desservir et les laissa seuls. Yamina se leva et s'approcha du hublot grand ouvert. Le calme régnait au-dehors et une lumière chaude et dorée éclairait la cabine. La mer, d'un vert émeraude, se teintait d'azur autour des îles. La qualité de cet éclairage lui paraissait nouvelle, inconnue. C'était le soleil des dieux qui donnait aux lointaines collines cet aspect fragile. L'air même semblait vibrer d'une limpidité d'un autre monde : s'ils approchaient encore une de ces îles où avait fleuri la mythologie grecque, elle verrait sûrement une déesse jouant de la lyre, une autre de la flûte, une troisième d'un pipeau de berger. Elle pouvait presque entendre leur musique, au delà du clapotis des vagues.

Cette mélodie qui chantait en elle, c'était l'amour, c'était la présence de lord Castleford.

Il n'avait d'yeux que pour elle, auréolée de soleil, sa silhouette se profilant sur le ciel clair.

– Venez, Yamina. J'ai à vous parler.

– Il me paraît plus sage de rester loin de vous...

Il lui sourit tendrement.

– Si vous espérez m'échapper, vous vous faites des illusions !

– J'essaie de réfléchir, ce qui m'est parfaitement impossible auprès de vous.

– De toute façon, c'est inutile. J'ai déjà décidé de tout. Alors, venez près de moi comme je vous l'ai demandé.

Lentement, elle se tourna vers lui et, soudain, s'élança vers les bras qu'il lui ouvrait. Riant de bonheur, il l'attira contre lui. Elle frissonna.

– Douce, irrésistible, adorable Yamina !

Elle baissa les yeux, émue par la passion qui vibrait dans sa voix. Il la serra précieusement contre lui, contemplant ses longs cils noirs sur sa peau claire.

– Êtes-vous prête à écouter mes projets, mon ange ?

– Je ne demande pas mieux, vous le savez, mais je ne promets pas d'être d'accord s'ils doivent vous causer le moindre tort.

– La seule chose qui puisse m'en faire désormais serait de vous perdre !

Bien qu'elle ne répondît pas, il la sentait tendue. Il ajouta :

– C'est pourquoi nous nous marierons dès que j'aurai envoyé ma démission.

Elle lui jeta un regard sombre.

– Non, non et non !

S'arrachant à son étreinte, elle s'appuya au dossier d'une chaise comme si ses jambes ne la soutenaient plus.

– Croyez-vous que je vous laisserai faire une telle bêtise ? Abandonner votre carrière pour moi ?

– Ma décision est prise, répliqua-t-il d'un ton autoritaire, et je n'ai pas besoin de votre permission sur ce point. Je n'ai plus qu'une seule requête à vous faire : voulez-vous me faire l'honneur de devenir ma femme ?

– Écoutez-moi... Je vous en prie, écoutez-moi ! supplia-t-elle, éperdue. Comment pouvez-vous envisager un avenir qui anéantirait tous vos espoirs et tous vos efforts depuis des années ?

– Je croyais ma carrière essentielle, vous m'avez fait comprendre mon erreur. Je n'ai jamais connu le bonheur avant vous, Yamina. Vous voudriez que je le rejette aussi stupidement ?

– La vie n'est pas aussi simple ! Pour moi, l'amour est tout et vous êtes mon univers. Mais, pour un homme, c'est différent !

– La plupart des hommes s'imaginent, en effet, que leur bonheur est dans le travail. C'est ce que je m'imaginais, moi aussi, jusqu'à ce que je vous rencontre. Maintenant, je sais que le travail, le succès, les couronnes de laurier ne sont qu'un pâle reflet de ce bonheur que l'amour procure.

– Mais supposez que vous me sacrifiiez tout pour découvrir ensuite que je ne vous suffis pas ? Que resterait-il alors, si ce n'est la misère, la frustration et une inévitable amertume ?

– C'est peut-être vrai pour d'autres, Yamina, mais vous et moi sommes différents. Il ne s'agit pas, nous le savons tous deux, d'un sentiment passager, d'un feu de paille qui s'embrase et s'éteint aussitôt, ne laissant derrière lui que des cendres. Ma chérie...

– Comment pouvez-vous en être certain ?

– Vous en doutez donc ?

– Bien sûr que non ! Mais moi je n'abandonne rien : ni de longues années de labeur ni cette puissante ambition que vous ne pouvez nier !

– C'est effectivement l'ambition qui me poussait jusqu'à présent, admit-il. La lettre de lord Palmerston qui me nommait en Grèce m'a comblé de joie, car c'était un échelon de plus que je gravissais dans la hiérarchie. Mais, aujourd'hui, je me fiche de la Grèce, de Paris et de la Cour de Saint-James ! C'est vous que je veux !

– Jamais une femme, quand bien même elle serait capable de satisfaire votre corps, ne saurait suffire à combler votre âme !

Lord Castleford sourit.

– Vous êtes très éloquente, ma chérie, mais ne croyez pas que j'agisse à la légère, sur un coup de tête. J'ai bien mesuré tout ce qu'impliquait cette décision, j'en ai pesé les conséquences et je puis vous assurer qu'en vous épousant je fais une excellente chose, la meilleure de ma vie !

Les yeux de Yamina s'emplirent de larmes.

– Mon amour… fit-il en la prenant aussitôt dans ses bras.

Elle cacha son visage au creux de son épaule en tremblant et balbutia :

– Je n'imaginais pas qu'un homme pût être si… merveilleux !

– C'est que personne ne vous a aimée ni ne vous aimera jamais comme je vous aime.

Il l'étreignit plus fort.

– Je serai un mari très jaloux !

– Je n'ai pas encore dit que j'acceptais de vous épouser ! Après tout, nous nous découvrons à peine. Vous serez peut-être déçu quand vous me connaîtrez mieux ?

– Je ne connais même pas votre nom… Pourtant, je sais déjà tout ce qui m'importe.

Il lui sourit mais Yamina ne le regardait pas.

– Tous les noms russes se ressemblent et cela ne compte guère. Mais m'épouser, moi, une ennemie de votre pays, serait briser votre carrière.

– Il y a d'autres métiers. Je possède un domaine en Angleterre, une maison où, à la fin de la guerre, je crois que vous seriez heureuse. En attendant, nous resterons ensemble. Nous pouvons partir pour n'importe quel pays neutre et faire là-bas plus ample connaissance. J'ai tant de choses à apprendre à votre sujet !

– Ce que vous me dites est doux… comme le soleil ou le chant des vagues… Mais je dois vous convaincre que vous commettez une... une terrible erreur.

Elle s'arracha de nouveau à l'abri de ses bras.

– Laissez-moi m'éloigner jusqu'à la fin de cette guerre. Nous nous écrirons et, si notre amour résiste à l'épreuve du temps, alors nous parlerons mariage.

Il se mit à rire, du rire gai d'un homme heureux.

– Mon ange ! Croyez-vous vraiment que je vous laisserais disparaître après ce qui s'est passé ? Regardez les aventures qui vous sont arrivées ! Supposez que la foule turque vous ait trouvée à Constantinople ! Supposez que vous n'ayez pu vous évader du harem ! Non ! Il faut quelqu'un pour veiller sur vous. Ce sera moi !

– Je ne vous épouserai pas maintenant. Je serai votre maîtresse, je vous attendrai ! Je ferai tout ce que vous voudrez, mais je ne veux pas contribuer à priver le monde diplomatique d'un homme tel que vous.

– Aucun homme n'est indispensable, si ce n'est à la femme qui l'aime. Pourriez-vous me remplacer ? Répondez-moi !

Elle étreignit nerveusement ses doigts fins.

– Comment pourrais-je en aimer un autre ? Peut-être nous connaissons-nous depuis des milliers d'années ? Vous avez raison de dire que notre amour est différent : il est... divin. Et s'il est si... particulier, ne pouvons-nous attendre encore un peu ?

– Nous n'attendrons pas ! L'Elchi pense que Sébastopol tombera dans deux ou trois mois, ce qui signifie que la paix sera signée à Noël. Mais cela m'est égal ! Je vous veux maintenant, Yamina, et j'ai l'intention de vous avoir, non pour maîtresse, mon bel ange, mais pour femme.

– Que puis-je ajouter ? Comment vous convaincre que vous commettez une erreur ?

Il l'enlaça et lui souleva le menton.

– Voici le seul argument qui m'intéresse à présent, déclara-t-il en l'embrassant.

Baiser pur et sacré, serment d'une éternelle dévotion... Frissonnante, elle se serra contre lui. Plus de discours ni de protestations. Elle l'aimait et leur amour les emportait sous des cieux où aucun obstacle n'existait plus.

Longtemps après, un siècle peut-être, lord Castleford releva la tête et, les yeux brûlant d'une infinie tendresse, il contempla le visage de Yamina, rose de bonheur.

– Dites-moi maintenant ce qui pourrait être plus important que notre amour, murmura-t-il.

– Rien ! Vous êtes la terre, le soleil et la mer. Vous êtes mon univers, qui ne contient que vous !

Il eut une exclamation de triomphe et il l'embrassa longuement.

Au cours de la soirée, elle tenta encore, sans conviction, de le faire changer d'avis. Il semblait calme, déterminé, comme un homme qui a pris une décision capitale et ne tolère plus d'y revenir. Dès leur arrivée à Athènes, il irait voir le roi, comme prévu, puis il enverrait sa démission à lord Palmerston et attendrait son successeur sur place.

– Je dois au moins cette courtoisie au ministre des Affaires étrangères, expliqua-t-il. Mais cela ne nous empêchera pas d'organiser les préparatifs de notre mariage.

– Nous n'appartenons pas à la même religion, protesta-t-elle faiblement.

Il haussa les épaules.

– Nous sommes chrétiens tous les deux et, d'ailleurs, quand bien même vous seriez musulmane ou hottentote, cela me serait parfaitement égal ! Tout ce qui m'importe est que, par ce mariage, vous ne puissiez plus m'échapper.

– Pensez-vous que j'en aurais envie ?

– Je crois que je préférerais vous tuer plutôt que de vous abandonner à un rival !

Elle se mit à rire.

– S'il y en a, je ne les vois pas. Vous emplissez mes yeux et vous savez fort bien que vous êtes plus beau, plus séduisant que tous les autres.

– Vous me flattez ? fit-il d'un ton taquin. C'est la première fois, Yamina !

– Je n'en ai pas encore eu l'occasion. Nous venons à peine de nous rencontrer.

– Pas du tout. Je vous ai connue d'abord dans le jardin de l'Eden et puis nous nous sommes revus quand je courais le monde avec la caravane de Marco Polo... Peut-être encore vivions-nous en Crète à l'âge d'or du roi Minos... ?

– Comme j'aurais aimé que mon père vous entende ! Il admirait plus que tout ces époques et j'avais pris l'habitude de lui en lire l'histoire à haute voix.

Lord Castleford sourit.

– Nous voici donc un autre point commun, mon ange.

Lorsqu'il fut l'heure d'aller se coucher, Yamina le regarda et il lut la question dans ses yeux.

– Je vous aime, Yamina, et Dieu sait que je vous désire...

Il lui prit les mains et posa les lèvres sur ses paumes avant d'ajouter :

– Mais je respecte votre pureté. Votre nom

est gravé à jamais dans mon cœur et je ne vous ferai pas mienne avant que l'alliance brille à votre doigt, avant que vous soyez ma femme et qu'aucun homme, aucun principe, aucun prêtre ne puisse plus nous séparer.

Elle glissa les bras autour de son cou et attira sa tête contre elle.

– Je suis prête à faire... tout ce que vous voudrez de moi, murmura-t-elle.

– C'est pour cela que je dois vous protéger de moi-même, comme je vous protégerai désormais de tout ce qui pourrait vous faire du mal : le danger, le malheur et, surtout, les regrets !

Il l'embrassa. Elle vibrait de la passion qu'il déchaînait en elle. Il posa ses lèvres sur son front et la repoussa doucement.

– Allez vous coucher, mon bel amour. Une rude journée nous attend demain.

Comme la veille, il sortit. Il était très tard lorsqu'elle l'entendit rentrer. Bien qu'elle fût éveillée, elle ne dit rien. Il se déshabilla et s'étendit sur son lit de coussins. Elle savait, à sa façon de se tourner et de se retourner sans cesse, qu'il ne dormait pas. Mais tous deux restèrent silencieux.

Au matin, très tôt, il monta sur le pont pour voir le bateau entrer au Pirée et resta là jusqu'à ce que l'*Himalaya* approche du quai. Lorsqu'il regagna la cabine, Yamina était prête à entrer dans la malle. Il l'observa longuement, si belle dans son *entari* écarlate dont la ceinture scintillait de pierres précieuses, comme la broche du *talpock* épinglée à l'encolure de sa chemise. Il lui sourit.

– Dans les rues d'Athènes, vous provoqueriez une émeute ! Couvrez-vous de votre voile, mon amour. Mais, rassurez-vous, je ne laisserai plus la femme que j'aime se cacher dans une malle !

Elle se mit à rire et il l'étreignit tendrement. Les machines avaient ralenti; on entendit les cris, les appels des marins qui amarraient le navire. Yamina s'installa dans le coffre. Il referma le couvercle et tourna la clé dans les serrures dorées. Déjà, Jenkins entrait dans la cabine.

– Mes autres bagages sont prêts ? demanda lord Castleford.

– Oui, monsieur.

– Alors, débarquez dès que nous serons à quai. Prenez une voiture jusqu'à l'ambassade britannique et faites monter aussitôt cette malle dans ma chambre afin de libérer Mlle Yamina. Prenez garde surtout qu'ils manipulent cette malle avec douceur.

– Bien, monsieur. J'ai déjà demandé aux stewards de m'aider à transporter vos bagages.

– Parfait. Je vous rejoindrai dès que possible. Mais l'ambassade va sans doute organiser une réception d'accueil. Il faudra également que je fasse mes adieux au capitaine.

Yamina l'entendit sortir. Peu après, deux stewards l'emportaient.

Une délégation attendait effectivement lord Castleford. Les officiers les plus âgés de l'ambassade vinrent l'accueillir à bord. Sa réputation l'avait précédé : ils étaient manifestement ravis et impressionnés qu'un personnage si connu ait été nommé ministre plénipotentiaire en ce point chaud qu'était la Grèce. Chacun voulait lui parler. Le capitaine l'invita, ainsi que le comité d'accueil de l'ambassade, à le rejoindre dans sa cabine. Là, il lui fallut affronter un buffet et un fastidieux échange de toasts. Les officiers responsables des soldats blessés vinrent ensuite lui souhaiter bonne chance dans ses nouvelles fonctions et l'après-midi était déjà bien entamé lorsqu'il se retrouva dans les rues colorées d'Athènes.

Le roi Othon avait fait de cette cité la capitale de la Grèce, en partie d'ailleurs à cause de l'intérêt que lui portait son père, Louis Ier de Bavière. Tombée sous la domination turque au rang d'un modeste village de pêcheurs, Athènes avait, du jour au lendemain, exhibé cet assemblage disparate de baraques et de palais. Une grande partie de la population vivait et dormait dans les rues tant la crise du logement était aiguë et l'atmosphère de la cité était plus orientale qu'occidentale. Les rues bruyantes étaient bariolées de costumes exotiques. Le spectacle des riches nobles moldaves, chevauchant leurs pur-sang, contrastait avec celui des moines austères qui gravissaient inlassablement les marches des églises. Pour les Albanais, vêtus de broderies pourpres et dorées, bardés de pistolets, montant des chevaux harnachés d'or et d'argent, la capitale était un haut lieu de distraction. Partout, c'était un mélange de Slaves, Turcs et Levantins, Bavarois amenés par le roi, et Grecs...

L'imposante ambassade britannique était très différente des autres ministères et consulats qui, à cause du manque de bâtiments, étaient installés dans des rues étroites, sales, ou même dans des auberges. Il était rassurant de voir l'Union Jack flotter au vent, les jardins aux parterres bien soignés et les serviteurs impeccables dans leur livrée, de sentir sous ses pas le marbre noir et blanc du hall. Lord Castleford dut se soumettre à quelques formalités, faire la connaissance des secrétaires, employés et vieux serviteurs. Malgré son impatience, il avait trop l'habitude de se dominer pour manifester autre chose que courtoisie et reconnaissance pour les égards qu'on lui témoignait.

Il lui semblait qu'un siècle s'était écoulé depuis qu'il avait quitté Yamina, lorsqu'il grimpa l'escalier qui menait au premier étage de l'ambassade, vers sa suite, ouvrant sur les jardins. Jenkins, qui l'attendait sur le palier, poussa la porte et il entra au salon.

Pas trace de la malle... Lord Castleford regarda vers la grande porte qui donnait sur la chambre.

– Mlle Yamina est partie, monsieur.

– Comment cela, partie ?

– J'ai fait monter la malle dans la suite dès notre arrivée à l'ambassade. J'avais insisté pour que les serviteurs soient très prudents en la portant.

– Oui, oui ! Que s'est-il passé ?

– J'ai fait monter le reste puis je suis allé libérer Mlle Yamina, comme vous me l'aviez demandé.

– Est-ce qu'elle allait bien ?

– Parfaitement, monsieur. Elle m'a d'ailleurs remercié d'avoir si bien pris soin d'elle.

– Et ensuite ?

– Je suis sorti de la chambre pour défaire vos bagages. Cela m'a pris un certain temps et, pensant que Mlle Yamina aurait envie d'être seule un moment, je me suis mis à déballer les vêtements dont vous auriez besoin, pour qu'ils ne soient pas froissés.

– Oui, oui ! coupa lord Castleford, exaspéré par la lenteur du récit. Venez-en au fait !

– Au bout d'un moment, je suis venu voir si

Mlle Yamina avait besoin de mes services. Elle n'était plus là...

– Elle n'était plus là ?

Sa voix était tranchante.

– Elle était partie, monsieur.

– Comment a-t-elle pu s'y prendre ? Quelqu'un l'aurait vue !

Jenkins hésita un instant.

– Avant de quitter le bateau, j'ai remarqué qu'un drap manquait à son lit. J'ai pensé qu'elle l'avait mis au fond de la malle pour être mieux installée, mais il ne s'y trouve pas. Elle a dû s'en envelopper avant de s'enfuir.

– S'en envelopper ?

Au moment même où il posait cette question, il comprit. À la faveur de l'effervescence provoquée par son arrivée, il avait été facile à Yamina de se glisser jusqu'à un escalier de service et de disparaître par une porte latérale. Rien ne différenciait un drap blanc du *feredjeh* que porte toute Orientale. Les rues, le bazar turc de la capitale grouillaient de femmes dissimulées sous ces amples vêtements de toile qui ne laissaient voir que leurs yeux.

Le coup l'anéantissait. Comment avait-elle pu le quitter, après ce qu'ils s'étaient dit, après tant de projets ? Comment avait-elle pu sortir de son existence aussi soudainement qu'elle y était entrée ? Bien sûr, elle s'était d'abord opposée violemment au sacrifice de sa carrière. Elle voulait rester loin de lui jusqu'à la fin de la guerre, qui faisait d'eux, officiellement, des ennemis. Avait-elle finalement préféré mettre ses propres desseins à exécution ?

« C'est impossible, elle n'aurait pas fait ça ! » songea-t-il. Mais il avait peur. Il se maudissait de ne pas avoir été plus curieux. Il ignorait jusqu'à son nom de famille ! Mais, pour un étranger, comme elle le lui avait fait remarquer, les noms russes se ressemblent tous : pourquoi se serait-il préoccupé d'un détail qui, sur le moment, semblait accessoire ?

Jenkins l'observait avec appréhension. Machinalement, il déclara :

– Vous n'y êtes pour rien, Jenkins. Renseignez-vous, très discrètement, bien sûr. Peut-être quelqu'un l'a-t-il vue quitter l'ambassade et sait où elle se trouve...

– Je m'en occupe, monsieur, répondit Jenkins, manifestement soulagé.

Lord Castleford s'approcha de la fenêtre, sans rien voir des belles collines ni des montagnes ensoleillées qui entouraient Athènes. Il ne voyait que deux grands yeux noirs fixés sur lui. Il sentait encore les lèvres si douces qui frémissaient lorsqu'il les effleurait. « Je la retrouverai, se jura-t-il, dussé-je y passer le reste de ma vie ! »

À travers ses pensées, la voix de Jenkins lui parvint comme venue d'un autre monde :

– Excusez-moi, monsieur... Il est temps de vous habiller pour votre visite au palais.

Lord Castleford inspira profondément et son sens du devoir reprenant le dessus, il laissa Jenkins l'aider à enfiler l'uniforme dans lequel il présenterait ses lettres de créance au roi des Hellènes. Indifférent, il regardait sans les voir les beaux atours dont, hier encore, il était si fier : les bas de soie, la culotte noire, le manteau brodé de fils d'or. Dès qu'il fut habillé, sans même un coup d'œil au miroir, il se dirigea vers le grand escalier et prit au passage, dans le hall, ses gants et son tricorne.

Il grimpa dans la voiture qui l'attendait devant la porte, sous l'œil impassible des sentinelles au garde-à-vous. Bientôt, les deux chevaux l'entraînaient dans les rues étroites. Il scrutait la foule dans l'espoir fou d'apercevoir Yamina. Il savait pourtant qu'il aurait été impossible de la reconnaître au milieu de toutes ces femmes portant le même vêtement noir, blanc ou gris.

Bientôt, il atteignit le palais, gardé par les soldats en fustanelle, boléro incrusté d'or, la casquette à gland posée avec désinvolture sur le côté et la dague à la ceinture. La construction de l'immense bâtiment carré avait été entreprise par le roi Othon au début de son règne. Très vite, pourtant, il s'en était désintéressé et son père, Louis Ier de Bavière, l'avait fait achever. Les grands salons, hauts de plafond, étaient brillamment éclairés par d'énormes lustres de cristal. Et tout – l'architecture baroque, le mobilier doré, la riche porcelaine – était dans la plus pure tradition bavaroise.

Un majordome conduisit le visiteur dans le hall où deux laquais ouvrirent devant lui la double porte magnifiquement peinte. Là, un aide de camp dont les grands yeux noirs avaient déjà dû faire battre les cœurs de bien des belles étrangères, l'accueillit et l'amena jusqu'à une autre porte, gardée par deux valets de pied. Tandis qu'il se dirigeait vers le roi et la reine, l'aide de camp annonça :

– Son Excellence lord Castleford, ministre plénipotentiaire de Grande-Bretagne !

Si le roi Othon avait grossi depuis son arrivée au pouvoir, il avait gardé ce charme bavarois qui avait attiré tant de femmes dans ses bras.

– Bienvenue en Grèce ! déclara-t-il.

Lord Castleford s'inclina en répondant le traditionnel :

– Je remercie Votre Très Gracieuse Majesté.

La reine lui tendit la main. Les années l'avaient marquée davantage que son époux, mais elle restait une femme séduisante.

– Nous attendions votre venue avec impatience, monsieur, fit-elle. Il y a bien longtemps que nous ne vous avions vu. Nous avons d'ailleurs une invitée qui désire ardemment vous rencontrer, poursuivit la reine Amélie.

Elle tourna légèrement la tête vers une porte qui se trouvait derrière eux et, comme répondant à un signal, une femme entra dans le salon.

Lord Castleford lui jeta un coup d'œil distrait... Et, soudain, il s'immobilisa.

Yamina s'approchait, une Yamina très différente de celle qu'il avait vue se glisser dans la malle, à bord de l'*Himalaya*. Elle portait une large crinoline drapée de mousseline de soie rose, piquée de petits bouquets. Son corsage, boutonné jusqu'au cou, moulait les courbes de son exquise silhouette, soulignant la finesse de sa taille. Des anglaises encadraient son visage. Elle était absolument ravissante. Pourtant, ses yeux exprimaient une grande appréhension : on aurait dit qu'elle redoutait la réaction de lord Castleford.

– J'aimerais vous présenter Son Altesse Sérénissime, la princesse Yamina Yurievski. Vous avez dû rencontrer son père, le grand-duc Ivan, lors de votre voyage en Russie ?

Incapable de réagir, lord Castleford dévisageait Yamina. Comprenant ce qu'il devait ressentir, celle-ci regarda le roi d'un air suppliant.

– Yamina, que je connais depuis sa tendre

enfance, me soumet un problème délicat, reprit le roi en souriant. Elle veut vous épouser immédiatement ! Elle me dit aussi que vous vous sentez obligé de démissionner de votre nouveau poste.

– C'est bien mon intention, Sire.

– Il serait grand dommage que la Grèce vous perde à un moment aussi difficile de son histoire.

– Vous me flattez, Sire. Mais Votre Majesté est sûrement consciente que, dans les circonstances présentes, il serait impossible à un ministre britannique d'épouser une Russe...

– Tel est le problème que m'a présenté Yamina. Mais, comme je suis extrêmement intelligent, j'ai trouvé une solution.

Lord Castleford ne répondit pas. Il était clair qu'à son avis aucune solution avancée par le roi ne conviendrait au ministre des Affaires étrangères à Londres.

– Vous ignorez peut-être que le grand-duc Ivan avait épousé Athéna, princesse du Péloponèse ?

Lord Castleford parut surpris.

– Ce mariage fut, à l'époque, désapprouvé par le tsar, et la princesse Athéna, en quittant la Grèce, transmit son domaine à son neveu, unique survivant de cette vieille famille. Il se trouve que ce prince a été tué au cours de la révolution, il y a deux ans. Comme il combattait contre la couronne, ses terres ont été confisquées.

Il tourna la tête vers Yamina et lui sourit.

– Puisque Yamina est venue ici me demander aide et protection, il me paraît juste de lui rendre ces terres, jadis à son grand-père. Je mets néanmoins une condition à ce don.

– Une condition, Sire ? demanda lord Castleford, sentant que le roi attendait une réaction de sa part.

– Oui. Yamina devra adopter la nationalité grecque. Désormais, elle ne sera donc plus Altesse Sérénissime, mais la princesse Yamina du Péloponèse.

Voyant le regard de lord Castleford qui s'illuminait, le roi ajouta en souriant :

– Je crois que ni lord Palmerston ni aucun autre membre du gouvernement britannique ne verront la moindre objection à ce que leur ministre assure la neutralité de la Grèce en prenant une Grecque pour épouse.

Yamina laissa échapper une exclamation de joie et glissa sa main dans celle de lord Castleford. Il la serra à lui faire mal et répondit, contrôlant mal son émotion :

– Comment remercier Votre Majesté ?

– En dînant avec nous et en me racontant vos aventures en Perse et à Constantinople. J'ai le sentiment que mon turbulent royaume m'a empêché de me tenir au courant de tous les événements du reste du monde.

Lord Castleford s'inclina.

– J'accepte avec le plus grand plaisir, Sire.

Quant à Yamina, elle s'élança vers le roi.

– Merci ! Merci ! s'écria-t-elle. Je ne saurais vous dire combien vous nous rendez heureux !

Le roi Othon lui caressa tendrement la joue.

– Vous êtes presque aussi belle que votre mère, ma chère enfant.

La jeune femme fit une profonde révérence et le roi Othon et la reine Amélie se retirèrent, suivis de l'aide de camp.

Dès que la porte se fut refermée, lord Castleford enlaça Yamina.

– Mon merveilleux, mon incroyable amour ! Pourquoi ne m'aviez-vous rien dit ?

– Je n'étais pas sûre que le roi me recevrait. Il y a maintenant vingt ans que ma mère a fui la Grèce pour épouser papa. Elle n'y est jamais revenue et je craignais qu'il ne lui ait pas pardonné...

– Il s'est montré très bon, répondit-il en la contemplant avec adoration.

– À la vérité, fit-elle en souriant, je crois qu'il avait une certaine tendresse pour maman. Elle était très belle.

– Comme vous, ma chérie ! Vous êtes plus belle que je ne saurai jamais vous le dire ! Quand nous sera-t-il possible de nous marier ?

– Dès que j'aurai la nationalité grecque, c'est-à-dire demain.

– Je brûle d'impatience...

– Je vous aiderai dans votre mission ici, murmura-t-elle doucement, si vous le permettez...

– Tout ce que je demande, c'est que vous restiez à mes côtés, que vous ne me quittiez plus jamais. Je ne sais pas encore si je suis vraiment heureux de poursuivre ma carrière. J'aurais été le plus heureux des hommes si j'avais pu me consacrer à vous du soir au matin ! Et du matin au soir aussi, bien entendu...

Yamina rit puis, à nouveau sérieuse, elle avoua :

– J'aurais vécu dans la crainte qu'un jour vous n'en veniez à la conclusion que le sacrifice n'était pas justifié.

– Comment pouvez-vous dire des choses pareilles ?

Il la prit dans ses bras.

– Je vous aime ! Je n'aurai pas assez de toute

ma vie pour vous exprimer mon amour… Rien n'existe au monde que notre amour, n'en doutez jamais, ma chérie.

Le bonheur illuminait le visage de Yamina. Comblé, lord Castleford ajouta en souriant :

– Ainsi, l'esclave était en réalité une princesse ! Voilà une fin idéale pour notre conte de fées !

– Je resterai pourtant esclave… votre esclave, à jamais… murmura-t-elle.

– Et nous serons tous deux les esclaves de l'amour. Un amour né au commencement des temps, qui n'aura pas de fin tant que la terre et les cieux dureront…

Yamina fut embrasée par cette même flamme qui faisait flamber le regard de lord Castleford. Leurs lèvres se cherchèrent passionnément. Même s'ils l'avaient voulu, ils n'auraient pu échapper à cet amour fou qui les portait l'un vers l'autre. Heureux au delà de tout, ils étaient à jamais les esclaves de ce maître exigeant.

Romans sentimentaux

Depuis les ouvrages de Delly, publiés au début du siècle, la littérature sentimentale a conquis un large public. Elle a pour auteur vedette chez J'ai lu la célèbre romancière anglaise Barbara Cartland, la Dame en rose, qui a écrit près de 300 romans du genre. A ses côtés, J'ai lu présente des auteurs spécialisés dans le roman historique, Anne et Serge Golon avec la série des Angélique, Juliette Benzoni, des écrivains américains qui savent faire revivre toute la violence de leur pays (Kathleen Woodiwiss, Rosemary Rogers, Danielle Steel, Janet Dailey), ou des auteurs de récits contemporains qui mettent à nu le cœur et ses passions, tels que Jacqueline Monsigny, Theresa Charles ou Marie-Anne Desmarest.

ARCHER Jeffrey	*Kane et Abel* 1684*** & 1685***
	La fille prodigue 1857*** & 1858***
ARLEN Leslie	Les Borodine :
	1 - Amour et honneur 1226****
	2 - Guerre et passion 1314****
	3 - Rêves et destin 1364****
	4 - Espoir et gloire 1425****
	5 - Rage et désir 1539****
BENZONI Juliette	*Marianne, une étoile pour Napoléon* 601**** & 602****
	Le Gerfaut des brumes :
	- Le Gerfaut des brumes 1118*** & 1119***
	- Un collier pour le diable 1186*** & 1187***
	- Le trésor 1509****
	Haute-Savane 1730*****
	Un aussi long chemin 1872****
BRENT Madeleine	*Le léopard des neiges* 1660****
CARTLAND Barbara	*Le masque de l'amour* 973**
	La belle et le cavalier 985***
	Au péril de l'amour 1097***
	La flamme d'amour 1110**
	Un faux mariage 1121***
	Des fleurs pour mon amour 1133***
	Les beaux messieurs de Pétrina 1134**
	Comtesse Natacha 1145**
	Mon beau capitaine 1167**
	Fiancés sans amour 1178***
	L'enchantement du désert 1188** (juin 86)
	Pirate d'amour 1455**

L'énigmatique marquis 1469**
Un diadème pour Tara 1482**
Les deux amours de Pamela 1483****
Le sortilège des Antilles 1497**
Aventure au bord du Nil 1498**
L'étoile filante 1521**
La fugue de Célina 1537**
Un amour imprévu 1538**
La déesse et la danseuse 1581**
Rhapsodie d'amour 1582**
La princesse en péril 1762**
Ola et le marquis 1775**
Le festin secret 1776**
L'amour et Lucie 1806**
Rencontre dans la nuit 1807**
La magie de la bohémienne 1819**
La revanche d'Anthéa 1820**
L'invitation au bonheur 1842**
L'amour est un songe 1843**
Splendeurs impériales 1859**
Serment d'amour 1860**
L'amour à la barre 1870**
Les colombes de l'amour 1871**
Les violons de l'amour 1883**
L'amour était au rendez-vous 1884**
Un rossignol chantait 1898**
Une passion inattendue 1899**
Thérésa et le tigre 1912**
Pour l'amour d'un roi 1913**
Un cœur caché 1929***
Deux cœurs au gré des flots 1930**
Une source de bonheur 1941**
Le comte prodigue 1942**
Un amour au clair de lune 1954**
Quand l'amour s'éveille 1955**
La brûlure de la passion 1974**
Un amour en danger 1975**
La force d'une passion 1990**
La princesse oubliée 1991**
La revanche du cœur 2005** (juin 86)
Un mariage imprévu 2006** (juin 86)

1991
★★

Impression Brodard et Taupin à La Flèche (Sarthe)
le 14 avril 1986
1927-5 Dépôt légal avril 1986. ISBN 2 - 277 - 21991 - 6
Imprimé en France
Editions J'ai lu
27, rue Cassette, 75006 Paris
diffusion France et étranger : Flammarion